BOOKS

KB109239

BOOKS

天月無敵

천월무적

천월무적 ⑦

초판 1쇄 인쇄일 2014년 2월 17일
초판 1쇄 발행일 2014년 2월 21일

지은이 ⏐ 청울
펴낸이 ⏐ 김기선
펴낸곳 ⏐ 와이엠북스(YMBOOKS)

출판등록 ⏐ 2012년 7월 17일 (제382-2012-000021호)
주소 ⏐ 경기도 의정부시 의정부동 490-4 삼승프라자 10층 102호
전화 ⏐ 031)873-7768 / **팩스** ⏐ 031)873-7764
E-mail ⏐ ymbooks@nate.com

ISBN 979-11-5619-081-3 04810
ISBN 978-89-98074-80-7 04810 (SET)

값 8,000원

天劒無敵

청울 신무협 장편 소설

ORIENTAL FANTASY STORY

천월무적

7

YM
BOOKS

목차

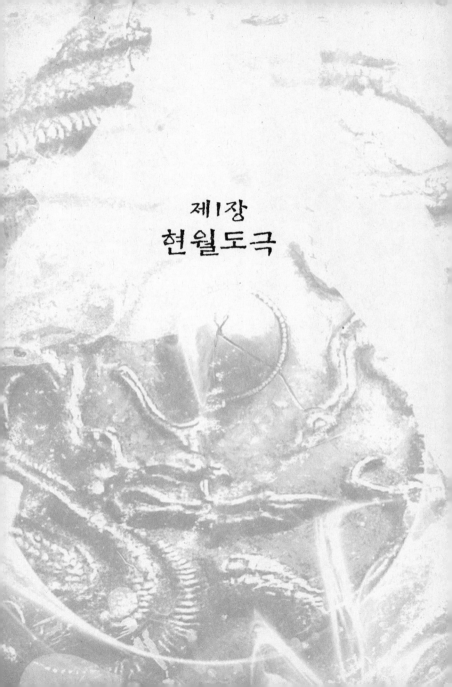

제1장
현월도극

묵천마교의 세 계파 중 하나였던 현월단의 주인.

나기악.

그런 그가 남긴 미증유의 거력이 지금 나시우의 몸 안에 웅크리고 있었다. 평소라면 태청만월공을 따라 장강의 물줄기처럼 콸콸 흐르다 못해 용트림처럼 거세게 튀어나와야 하건만, 지금은 꼬리를 내리고 얌전히 있었다.

그것은 저 초승달 모양의 강기가 나타난 이후부터 그랬다.

저게 흘리고 간 거친 기운이 살갖을 뚫고 안으로 삐쭉 들어오더니 가시에 찍힌 것처럼 미중유의 거력이 잔뜩 움츠러들었다.

"이익!"

나시우가 이를 악물고 태청만월공을 극성으로 끌어올렸다. 하지만 미중유의 거력은 태산이라도 된 것처럼 꿈쩍도 안 했다. 마치 쇠사슬에 꽁꽁 묶인 것처럼 말이다.

"으아아악!"

나시우의 얼굴이 일그러지며 그 위로 힘줄이 불끈 튀어 올랐다.

쿠쿠쿠쿵!

그가 쏟아내는 내력이 거대한 압력을 만들어 그의 몸 전체를 흔들었다. 망치로 맞은 것처럼 골까지 아파 왔다.

그 정도로 힘을 썼음에도 미중유의 거력은 미동도 보이지 않았다.

뒤이어 서서히 가라앉는 내력과 급히 흔들리는 눈빛.

나시우는 믿을 수 없다는 듯이 눈을 부릅뜬 채 입을 쩌억 벌렸다.

"뭐, 뭐지?"

가만히 그 광경을 지켜보던 백리운이 나시우의 몸 안에서 일어난 일을 보고 피식 웃었다.

"그 힘은 뭐지? 그 힘 자체는 꽤 쓸 만한 것 같은데, 아직 제대로 다루지 못하는 것 같군."

"네놈이 그걸 어떻게……."

그때, 백리운의 고개가 갸웃 움직였다.

"익숙하군, 그 힘. 그것도 현월단과 관련된 건가? 현월도법을 익힌 것을 보면, 현월단을 알고 있는 것이 틀림없는데."

"……!"

나시우가 바짝 고개를 치켜들고는 그를 노려봤다.

현월교에서 평생을 지내 온 자신도 몰랐던 현월교의 시초를 저리도 잘 알고 있다니.

'정녕 이자가 묵천마교의 태제란 말인가?'

그것 말고는 지금 이 상황을 달리 설명할 길이 없었다.

"혼자선 그 힘을 다룰 수 없는 건가?"

그 말에 인상을 찌푸린 나시우가 아랫입술을 질끈 깨물고는 바들바들 떨었다.

주르륵.

그의 입가에서 한 줄기 선혈이 흘러내렸다. 그리고 얼굴이 반쯤 일그러지며 눈에서 실핏줄이 터졌다. 그럼에도 그는 멈출 생각을 하지 않았다.

머릿속이 울리도록 온몸의 힘을 쥐어짜 내는 것이다.

그그극!

악다문 입에서 이 갈리는 소리가 비집고 나왔다.

그런데 그것이 효과가 있었던 것일까?

꿈쩍도 않던 미중유의 거력이 심장의 고동과 함께 팔짝 뛰더니 태청만월공의 기운에 휩쓸려 온몸으로 쭉쭉 뻗어 갔다.

우웅!

그 순간, 나시우의 몸에서 엄청난 기운이 쏟아져 나오더니 그 주변에 막대한 압력을 형성했다.

쿠구구궁.

그가 밟고 서 있는 땅이 그 압력을 견디지 못하고 크게 흔들렸다.

가히 절대의 기운이리라.

그것은 심지어 내내 덤덤하게 있던 백리운의 표정조차 바꿔 놓았다.

슬쩍 올라가는 입꼬리와 비릿하게 번지는 미소.

그와 더불어 찌릿찌릿 울리는 엄청난 전율이 온몸을 훑고 지나갔다.

"그 정도면 현월도법의 삼 초식을 펼치기에 충분하겠군."

"……."

그러나 그 말에도 나시우는 조용히 입을 닫고 노려보기만 했다. 그에 피식 웃은 백리운이 물었다.

"왜 그러지?"

"어떤 식으로든 네놈이 묵천마교와 관련이 있다는 걸 인정할 수밖에 없겠군."

"관련이 아니라, 묵천마교의 모든 것이 내 몸 안에 있지."

"허튼수작. 그딴 말도 안 되는 소리로 나를 흔들 수 있을 거라 생각하는 건가?"

"네 눈으로 보고도 못 믿겠다는 건가?"

그 말에 나시우가 눈초리를 사납게 좁혔다.

"그럼 방금 전에 펼친 그 무공이 묵천마교의 것이란 말인가?"

"그렇다니까."

계속 히죽거리는 백리운을 보며 나시우는 고개를 좌우로 저었다.

달리 생각해 보면, 그게 중요한 것은 아니었다. 묵천마교의 것이든 아니든 간에 지금 백리운이 펼친 무공은 자신의 현월도법을 단박에 무력화시켰다.

어찌 됐든 넘어야 할 산인 것은 분명하다.

"후우."

나시우는 한 번의 호흡으로 기세를 가다듬으며 몸에서 철철 새고 있는 기운을 몸 안으로 갈무리시켰다. 그리고 바로 그 순간, 나시우가 한 바퀴 빙글 돌며 몸을 낮췄다.

스아앙!

그의 몸과 함께 한 바퀴 돌아온 구월도가 짙은 청색빛을 머금고 백리운의 다리를 싹둑 베어 갔다.

백리운의 허벅지를 가르며 일자로 그어지는 청색의 선. 구월도가 남기고 간 잔상이었다.

하지만 그곳에 피는커녕 잘린 백리운의 옷깃조차 남아 있지 않았다.

어느새 그는 뒤로 세 발자국이나 물러나 조금 전의 일격을 여유로운 모습으로 지켜보고 있었다.

타닷!

그쯤은 예상했다는 듯 나시우는 곧장 발을 굴러 앞으로 튀어 나갔다. 갑자기 속도를 내느라 상반신이 앞으로 많이 쏠린 상태였다.

자칫하면 균형을 잃고 고꾸라질지도 모른다.

까앙!

구월도로 땅을 치며 앞으로 넘어지는 걸 막으면서도 탄력을 만들어 용수철처럼 퉁 튀어 나갔다.

바람을 헤치고 눈부신 속도로 거리를 좁혀 온다. 그와 동시에 허공을 베어 오는 구월도에선 청색 강기들이 쏟아져 나와 사위 일 장을 집어삼켰다.

그런데 그 수많은 청색 강기들이 뻣뻣하게 서 있어서 꼭 빗줄기처럼 보이기도 했고, 직선으로 내리꽂히는 화살비처럼 보이기도 했다.

그리고 그 순간, 구월도가 크게 돌며 청색 강기들을 훑고 지나가자 청색 강기들이 구부러지며 초승달처럼 변했다.

온 사방이 청색 빛의 초승달로 가득하다.

현월도법의 일 초식인 현월진천이 다시 모습을 드러낸 것이다.

그런데 미중유의 거력 때문일까? 이전에 펼쳤던 것보다 그 수가 배에 달한다.

위력 또한 아까와는 비교할 수 없었다.

푸른 빛이 번쩍인 순간 허공을 찢어발기며 달려드는 현월강기는 금세 백리운의 전신을 뒤덮었다.

까가가가강!

푸른 빛 물결을 뻥 뚫고 솟아오르는 천월의 강기.

그 속에서 백리운은 멀쩡한 모습으로 서 있었다.

하지만 나시우는 이미 예상이라도 한 것처럼 침착하게 다리를 들어 앞으로 쭉 뻗었다.

퍽!

발끝에서 터지는 둔탁한 소리!

발에 닿은 느낌 또한 단단했다.

그에 슬쩍 발끝을 보니, 백리운의 손바닥이 자신의 발바닥을 막고 있는 게 아닌가?

'꼭 철판을 가격한 것 같군.'

나시우는 무릎을 구부렸다가 쫙 폈다.

현월도법도 가볍게 막은 백리운이 겨우 그런 수에 밀려날 리 없었다.

그것은 꿈쩍도 않는 백리운을 이용한 반동으로 뒤로 물러나기 위함이다.

후욱!

옷자락을 펄럭이며 훌쩍 물러선 나시우는 곧바로 몸을 뒤로 빼며 구월도를 앞으로 내리찍었다.

까앙!

땅바닥에 내리꽂힌 구월도에서 바짝 선 푸른 강기가 쏟아져 나와 수레바퀴처럼 앞으로 데굴데굴 굴러갔다.

현월도법의 이 초식인 현월공진이었다.

이전에는 단 하나의 강기였건만, 지금은 수십 개로 늘어났다.

콰콰콰콰콰쾅!

땅바닥으로 헤집고 쭉쭉 나아가는 현월강기.

그것이 굴러간 자리가 쩍쩍 벌어지며 지축이 크게 흔들렸다.

그러나 이번에도 백리운은 씩 웃으며 앞으로 손을 내뻗었다.

차앙!

요란한 소리와 함께 튀어나온 샛노란 달이 그 손끝에서 빛났다.

보름달처럼 둥그렇고 매끈한 면을 가지고 있으면서도 백리운의 전신만큼 컸다.

카가가가강!

그 보름달에 처박힌 현월강기들이 안개처럼 스러지며 막대한 기파를 토해 냈다.

한 개도 아니고 수십 개다.

대기는 쉴 새 없이 기파에 휩쓸려 물결처럼 흔들렸다.

펑펑 울리는 소리와 함께 기파가 끝날 기미가 보이지 않았다.

후우우.

뒤늦게 천지를 진동시킨 기파가 가라앉고 백리운의 손끝에 맺힌 보름달도 홈 하나 없는 말끔한 모습으로 나타났다. 그것을 본 나시우가 짧은 침음을 집어삼켰다.

"흠!"

예상은 했지만, 실제로 보니 충격적이었다.

'이 힘으로도 어쩔 수 없는 건가?'

이제 현월도법의 마지막 초식만 남겨 두고 있었다. 하지만 좀처럼 몸이 움직이지 않았다. 마지막 초식인 현월도극(弦月刀極)이 엄청난 내력을 소모하기 때문이다.

'끝없이 소모하지…….'

하지만 그걸로도 충분하지 않을 터.

저 괴상한 달을 깨려면 온몸의 힘을 쥐어짜 내도 부족할 판이다.

"후우!"

한 번의 호흡으로 온몸의 기세를 가다듬으며 구월도에 내력을 불어넣었다. 그에 구월도에서 불꽃처럼 푸른 빛이 화르르 타올랐다. 강기가 제 모습을 갖추지 못하고 연기처럼 구월도 주변만 떠도는 것이다.

그렇게 한참을 타오르다가 서서히 하나의 모양을 갖추기 시작했다.

구월도에 흐르는 내력이 한 점에 모이며 구월도의 도신 밖으로 커다란 초승달이 발현되었다.

몸통은 새하얗고 겉에만 푸르스름한 빛이 반짝였다. 그러한 초승달이 구월도의 도신 중간에 떡하니 맺혀 있었다.

참으로 평온한 달이었다.

"흐음."

하지만 그걸 바라보는 백리운의 눈빛이 예사롭지 않았다.

'묵천마교의 무공이 확실하군.'

그 초승달이 품은 기운이 익숙하게 느껴졌다. 아마도 천월 때문이리라.

묵천마교의 무공을 합쳐 탄생시킨 게 천월이다. 그러니 저 초승달은 뿌리 중 하나나 다름없었다.

그래서 그런 것일까? 저 초승달이 전혀 낯설지 않았다.

그에 백리운이 씩 웃었다.

"뭘 기다리는 거지?"

그의 입가에 기다랗게 늘어난 미소를 보고 나시우가 구월도를 번쩍 들어 올렸다.

쾅!

번개처럼 내리꽂힌 구월도에서 다시 한 번 현월공진이 펼쳐졌다.

세로로 선 초승달들이 무수히 쏟아져 나와 풍차처럼 빙글빙글 돌며 땅바닥을 헤집고 굴러갔다.

콰콰콰콰쾅!

그 현월강기가 지나간 자리에서 흙먼지가 튀어 올라 안개처럼 퍼졌다. 그에 백리운의 모습이 보이지 않았지만, 나시우는 이 공격에 백리운이 무너지지 않을 거란 걸 잘 알고 있었다.

애초의 목표는 백리운의 시야를 가리는 것.

나시우는 흙먼지가 튀어 오른 순간, 곧바로 몸을 날려 그 속으로 들어갔다.

후우우!

흙먼지가 양옆으로 갈라지며 그 사이로 나시우의 몸이 질풍처럼 올곧게 뻗어 갔다.

수 장의 거리가 단숨에 좁혀졌다.

그리고 그 순간, 나시우가 눈앞에서 갈라지고 있는 흙먼지 속으로 구월도를 휘둘렀다.

번쩍!

흙먼지 속에서 한 가닥 푸른 선이 솟구쳐 올라 백리운의 턱 밑까지 치솟았다.

단순한 올려 베기다. 하지만 그 안에 담긴 힘은 백리운의 머리를 반으로 쪼개기에 충분했다.

스윽.

백리운이 가볍게 뒤로 한발 물러서며 자신의 코앞에서 허공을 치고 올라가는 구월도를 보았다.

그런데 그 구월도에 맺힌 초승달이 잔상처럼 눈앞에 남아 있는 게 아닌가?

백리운이 눈초리를 사납게 세우며 그 초승달을 노려봤다.

'현월도극을 펼치려는 건가?

바로 그 순간이었다. 눈앞에 떠 있는 초승달이 바닷바람에 휘말린 것처럼 세차게 흔들리더니 한 줄기 푸른 빛을 쏘아 냈다.

쐐애애액!

대기를 반으로 가르며 뚝 떨어지는 푸른 빛줄기.

새파란 강기를 머금은 구월도였다.

그런데 그걸 보는 백리운의 눈빛이 빠르게 고조되었다.

"흐음."

그가 처음으로 긴장한 듯 그의 손에 힘줄기가 솟아났다.

쩌엉!

그의 손끝에 둥그런 달이 떠올랐다.

깨끗하고 샛노란 광채.

그것은 시간이 지날수록 점점 더 휘황찬란하게 빛났다.

그리고 그 빛이 극에 달한 순간, 구월도가 번개 같은 속도로 내리찍혔다.

언뜻 보면 일도양단 같은 단순한 초식이었지만, 그 위력은 절대 단순하지 않았다.

카앙!

천월의 중심에서 푸른 빛이 불똥처럼 튀자 온 대기가 진동했다.

찌르르.

그 묘한 진동이 멀리 퍼져 나갔고, 그에 주변에 머물던 현월교의 무인들은 제각각 힘을 끌어올려 몸을 보호했다. 그러지 않았다면 그 진동에 휩쓸려 살갗이 뜯겨져 나갔을 것이리라.

'단순한 힘의 파동으로만 이 정도의 위력이라니?'

현월교의 무인들은 눈을 크게 뜨고 나시우가 있는 곳을 쳐다봤다.

"……."

깊은 침묵.

아무도 입을 열지 않았다.

그도 그럴 것이, 백리운의 손에 나시우의 구월도가 잡혀 있었고, 그 구월도를 두 손으로 잡고 있던 나시우는 내려찍은 자세 그대로 꿈쩍도 하지 않고 있었기 때문이다.

주르륵.

나시우의 입꼬리에서 한 줄기의 피가 흘러내렸다. 그리고 그는 창백하게 질려 어떠한 표정도 짓고 있지 않았고, 더불어 그의 구월도도 더 이상 푸른 빛을 토해 내지 않고 잠잠했다.

그를 바라보는 백리운이 만족스럽다는 듯 미소를 지었다.

"그 정도면 훌륭하군. 천월을 깨고 내 몸에 닿다니."

그 말을 듣고 잠시 가만히 있던 나시우가 조용히 입을 열었다.

"그 천월이라는 걸 하나 이상 꺼낼 수 있는 건가?"

"당연."

"몇 개까지나 가능하지?"

"글쎄."

그 말과 동시에 백리운이 손을 살짝 폈다가 오므렸다. 그리고 그 순간 그의 손안에서 무수히 많은 달들이 떴다가 사라졌다가를 반복했다. 대충 봐도 수백 개는 되어 보이는 듯했다.

그에 나시우가 허탈하게 웃었다.

"그거 하나 깨자고 이 지경이 됐는데……."

그리 말하는 나시우의 몸이 천천히 무너지고 있었다.

먼저 무릎이 풀썩 꺾이고 이어 팔이 덜렁 내려왔다. 그와 동시에 구월도가 땅바닥에 떨어졌고, 그의 고개가 푹 숙여졌다.

마치 전장에 패배한 장수처럼 무릎을 꿇고 고개를 숙이고 있는 것 같았다.

그런 그를 보며 백리운이 가볍게 손을 들었다.

그런데 별 뜻 없는 그의 행동이 현월교의 무인들에게는 나시우의 목을 내려치려는 것처럼 보였다.

"소교주!"

주변 사방을 포위하고 있던 현월교의 무인들이 한 치의 망설임도 없이 몸을 날렸다.

그 많은 인원이 하늘로 떠오르니, 먹구름이라도 낀 것처럼 햇빛이 싹 사라지고는 그들의 그림자로 온 세상이 뒤덮였다.

백리운은 그 속에서 나시우를 내려다보며 씩 웃었다.

"주저 없이 덤벼들다니… 제법 놀라운 충성심이군. 부하들만큼은 잘 키운 것 같아."

"⋯⋯."

그 말에도 나시우는 이미 의식을 잃은 듯 아무런 반응이 없었다. 하지만 백리운은 계속해서 말을 이어 나갔다.

"저들을 보니 우리 땅의 사람들이 생각나는군. 잘하고 있으려나? 북쪽 땅의 무인들이 워낙 사납다 보니 조금은 걱정이 되는군."

"⋯⋯."

"그래도 염려 마라. 저들을 죽일 생각은 없으니. 어차피 다 내부하가 될 자들인데 어찌 죽일까? 하지만 오늘 하루 정도는 움직이지 못하도록 만들어야겠지. 안 그러면 골치가 아파질 테니."

"⋯⋯."

백리운이 가벼이 미소를 머금으며 양손을 떨쳤다. 그러자 그의 두 손에서 천월이 나와 번개가 치듯 빠른 속도로 사방을 휘젓고 다녔다.

콰콰콰콰쾅!

천월이 지나간 자리에 구멍이 뻥 뚫리며, 현월교의 무인들이 사방으로 종잇장처럼 팔랑거리며 떨어져 나갔다.

그리고 그것을 시작으로 백리운은 차례차례 현월교의 무인들을 쓰러뜨려 갔다.

                        *   *   *

　같은 시각.

　북쪽 땅이긴 하나, 현월교에서 제법 거리가 있는 곳.

　그곳에 있는 백리자청이 몸을 뒤로 빼며 오른손을 앞으로 쭉
내뻗었다.

　퍽!

　바로 그 앞에 있던 북쪽 땅의 무인이 허리를 급격히 내빼며
뒤로 튕겨져 나갔다. 하지만 주변에 워낙 밀집되어 있는 다른
무인들 때문에 얼마 가지 않아 땅바닥에 내팽개쳐졌다.

　그런 그들을 보며 백리자청이 길게 숨을 내뱉었다.

　"후우, 나이를 먹긴 먹었구나. 겨우 이 정도에 숨이 차는 걸
보니."

　끝없이 밀려드는 북쪽 땅의 무인들을 상대하기 지쳤는지, 백
리자청은 가쁘게 숨을 내쉬고 있었다.

　그 주위에는 온전히 발 디딜 곳이 없을 만큼 수많은 무인들
이 쓰러져 있었지만, 주변을 둘러싼 북쪽 땅 무인들의 숫자는
조금도 줄지 않은 것 같았다.

　한 사람을 쓰러뜨리면 어디선가 두 사람이 나타나 그 자리를
채웠다.

　비록 지금은 더 이상 충원되지 않고 있었지만, 그 전까지 소
비한 내력 때문에 이들이 벅차게 느껴졌다. 그리고 그것은 다른

이들도 마찬가지였다.

"어서 덤벼라."

백리자청처럼 북쪽 땅의 무인들로 겹겹이 둘러싸인 곳에서 백리혁이 거친 기세를 퍼뜨렸다. 그에 북쪽 땅의 무인들이 잠시 주춤거렸지만, 그것은 말 그대로 잠깐일 뿐이었다.

백리혁의 흐뜨러진 호흡을 발견한 한 무인이 정면으로 쏜살같이 몸을 날렸다.

한 번의 도약으로 백리혁의 지척까지 빠르게 다가가는데, 그 움직임이 예사롭지 않다. 게다가 착지하기도 전에 내지른 주먹이 착지하는 순간 백리혁의 눈앞에서 아른거렸다.

퍼퍼퍽!

그 주먹을 손등으로 가볍게 쳐 낸 백리혁이 돌연 눈초리를 매섭게 세웠다.

손목까지 전해지는 묵직한 통증.

마치 무거운 걸 오랫동안 들었다가 놓은 기분이었다.

'제법 한 수가 있는 자군.'

백리혁은 눈앞에 나타난 그자를 유심히 바라봤다.

나이는 자신보다 다섯 살 정도 어려 보였으나, 그 역시 노년에 머물고 있는 자였다.

"누구냐?"

"손일광이라 하오. 백리혁 선배를 뵙게 되어 영광이외다."

"네놈이 주먹깨나 쓴다는 일사분권이로군."

일사분권(日射奮拳), 그의 별호이다.

"다른 사람도 아니고, 백리세가의 원로가 내 이름을 기억해 주니 고맙소이다."

"한때 백도칠원 중의 하나를 이끌었던 자인데, 어찌 이름을 모를까?"

"지금은 일선에서 물러난 뒷방 노인네일 뿐이오. 선배처럼 말이오."

"끌끌! 자네나 나나 다 늙어서 이리 날뛰고 있으니, 어찌 보면 주책일 수도 있겠군."

"그러게 뒷방에 조용히 있지, 왜 나와서 고생이오?"

그 말에 피식 웃은 백리혁이 주변을 둘러봤다.

"자네만 온 건가?"

"호선원을 기다리는 것이오?"

호선원(護善園), 북쪽 땅에 있는 백도칠원 두 곳 중 한 곳으로, 과거 손일광이 이끌었던 부대이기도 하다.

"그런 셈이지."

"선배도 잘 알다시피 나는 이미 일선에서 물러났소이다."

"그래도 자네가 호선원에 꽤나 영향력을 끼친다고 들었네. 그래서 자네가 가는 곳에 항상 호선원의 사람들이 있다고 들었는데……."

그때까지도 고개를 두리번거리는 걸 멈추지 않은 백리혁이 돌연 씩 웃었다.

"저기 오는군."

저 멀리 길 끝에서 열을 맞추고 우르르 달려오는 무리가 있었다.

백색이 많이 번져 있는 옷을 입고 성난 눈빛을 한 채 무서운 속도로 다가오고 있는 이들.

백도칠원 중 하나인 호선원의 무인들이었다.

그들을 보자 태연하게 웃고 있던 백리혁이 속으로 쓰게 침을 삼켰다.

'저들이 오기 전에 최대한 수를 줄였어야 하는데.'

아무래도 백도칠원이 주는 이름값이 꽤나 부담스럽게 다가왔다. 특히 지금처럼 많은 적들에게 둘러싸여 있을 땐 더더욱 말이다.

'어쩔 수 없군. 무리를 해서라도 기선을 제압하는 수밖에.'

백리혁이 내공을 모아 폭발적으로 터뜨리려는 순간이었다.

휘이이익!

어디선가 날카로운 바람 소리가 들려왔고, 호선원의 무인들 앞으로 희번덕이는 검광(劍光)이 소낙비처럼 떨어져 내렸다.

콰콰콰콰앙!

땅거죽이 찢어지고 땅바닥이 한 뼘 무너졌다.

실로 어마어마한 파괴력.

그걸 본 호선원의 무인들 또한 똑같이 느꼈는지 거침없이 다가오던 그들의 경공술도 잠시 멈칫했다. 그리고 그사이에 그들의 앞으로 얼추 열 명이 넘는 한 무리가 착지했다.

얇은 금색 테두리가 박힌 백색 장포를 입은 젊은 무인들.

백랑사단의 무인들 중 일부였다.

그리고 그들의 앞에서 초연하게 검을 빼 들고 있는 노인은 그들과 같이 백월도를 기습했던 백리혼이었다.

방금 전에 번뜩인 검광 또한 그의 것이리라.

그가 등장하자 백리혁의 안색이 밝아졌다.

"혼이 자네 괜찮은가?"

백리혼이 뒤도 돌아보지 않고 답했다.

"저는 괜찮습니다, 형님. 걱정 마시지요."

그 말에 백리혁이 자신의 앞에서 안면을 파르르 떨고 있는 손일광을 보며 말했다.

"들었지? 보시다시피 내 아우가 호선원을 막아 줄 것 같군."

"호선원의 수는 저들의 열 배를 넘소. 아무리 백리세가라도 저들만으로 호선원을 이길 수 있을 것 같소이까?"

"충분할 것 같은데?"

"백리세가의 사람답게 기백 하나는 좋구려."

그 말에 백리혁이 씩 웃더니, 상체를 앞으로 빼며 냅다 주먹을 내질렀다.

체중이 실린 주먹이라 만만히 볼 게 아니었다.

퍼억!

손바닥을 바짝 세워 막은 손일광이 생각보다 큰 충격에 인상을 찌푸렸다.

"선배, 아직도 포기하지 않은 게요?"

"말이 많구나."

백리혁이 주먹을 회수함과 동시에 몸을 띄우며 빠르게 전각을 차올렸다.

그에 똑같이 몸을 띄운 손일광이 두 손을 포개어 가슴 앞으로 내밀었다.

퍽!

그 두 손을 밀치고 턱 끝까지 올라온 발.

손일광은 깊은 침음을 삼키며 그 발을 아래로 밀쳤다. 그러자 기다렸다는 듯이 강맹한 기운의 장력이 눈앞에서 날아들었다.

대기를 뒤흔드는 것이 한눈에라도 지금처럼 맨손으로 막기에는 무리가 있어 보였다.

손일광은 황급히 내력을 끌어올린 다음, 마주 주먹을 내질렀다.

딱!

"흡!"

"……."

두 사람이 서로 물러났다. 그러나 그 물러난 거리가 다르다.

백리혁은 한 발자국을, 손일광은 두 발자국을 물러났다.

그래서 그런 것일까? 손일광의 안색이 점차 어두워졌다.

'백리세가의 벽은 높군.'

그리고 지금은 전장의 한복판인 만큼 자신의 위신을 세울 때가 아니었다.

손일광이 낮게 이를 갈며 조용히 말했다.

"속전속결로 끝내지."

그 말에 주변을 포위한 북쪽 땅의 무인들이 서서히 거리를 좁혀 왔다. 그들을 보는 백리혁의 표정도 좋지 않았다.

"혼자서는 무리인 걸 인정하는 건가?"

"뭐, 어쩌겠소? 그리고 지금은 비무가 아니라 전쟁이오. 이런 때에 내 개인적인 위신을 내세울 수는 없는 법 아니겠소?"

"핑계는 좋⋯⋯."

그때였다.

파파팟!

손톱을 바짝 세우고 허공을 스치며 날아드는 손이 백리혁의 말허리를 끊었다.

손일광의 기습적인 일격이었다.

하지만 그뿐만이 아니었다.

백리혁의 뒤와 좌우에서 수많은 공세가 밀려들어 백리혁이 피할 공간을 미리 점거했다.

자칫 잘못하면 그 공세에 휩쓸려 손일광의 조법에 백리혁의 몸이 갈가리 찢겨지리라.

"음!"

백리혁이 오른손을 내뻗으며 금나수로 손일광의 조법을 낚

아챘고, 발을 쭉 뻗어 뒷사람의 가슴팍을 가격했다.

콰득!

퍽!

뒷사람은 숨을 커헉 내뱉으며 뒤로 넘어갔고, 손일광은 손목이 잡힌 채로 훅 끌려왔다.

하지만 손일광은 오히려 자신이 백리혁 쪽으로 몸을 밀어 넣으며 백리혁이 끌어당기는 속도보다 더 빠르게 파고들었다. 끌어당기는 힘을 역으로 이용한 것이다.

곧이어 섬전처럼 뻗치는 거친 주먹이 백리혁의 갈비뼈를 노리고 깊숙이 들어왔다.

그런데 그 순간…….

빠악!

백리혁이 주먹으로 손일광의 어깨를 내리쳤다.

"크흑!"

손일광의 신형이 크게 흔들렸다. 그의 주먹도 힘을 잃고 비실거렸다.

그게 다 주먹을 내뻗은 쪽의 어깨를 맞은 탓이다.

그리고 그와 동시에 백리혁이 잡고 있던 손일광의 손목을 자신의 품 안으로 끌어당긴 다음 팔로 그의 목을 감쌌다.

꾸욱.

곧이어 팔에 힘을 주자, 손일광은 컥컥거리며 발만 동동 굴렀다.

백리혁은 그 상태 그대로 몸을 빙글 돌려 자신에게 쏟아지는 공세를 모두 손일광의 몸으로 받아 냈다.

퍼퍼퍼퍼퍽!

그의 몸으로 꽂히는 수많은 주먹들.

손일광은 벼락이라도 맞은 것처럼 온몸을 부르르 떨었다.

훤히 드러난 몸에 수십 번의 공격이 꽂혔다.

제아무리 일사분권 손일광이라도 멀쩡할 리 없었다.

뒤늦게 백리혁이 그의 목에서 팔을 뺐지만, 손일광은 두 다리로 서 있지 못하고 앞으로 고꾸라졌다.

그 때문일까? 주변에서 쏟아지던 공세가 잠시 멈췄다. 그리고 행여나 손일광처럼 끌려갈까 봐 직접적으로 몸을 날리는 수가 현저히 줄어들었다.

그로 인해 백리혁은 어느 정도 숨통이 트였지만, 그래도 북쪽 땅 무인들의 숫자는 까마득하게 많았다.

'끝이 보이지 않는군. 게다가 호선원까지 오다니……. 손일광의 말대로 수가 너무 부족하다. 그리고 호선원뿐만 아니라 백도칠원 중 한 곳이 더 있을 텐데. 그들이 나타나기라도 한다면 기세가 완전히 기울지도 모르겠군.'

그때였다. 백리혁처럼 북쪽 땅의 무인들에게 둘러싸여 있던 백리사헌이 돌연 땅을 박차고 높게 뛰어올랐다. 그리고 그런 그를 따라 북쪽 땅 무인들 몇몇이 몸을 날렸지만, 백리사헌의 신형은 공중에서 한 줄기 빛살처럼 앞으로 튀어 나갔다.

그렇게 단숨에 북쪽 땅의 무인들을 건너뛴 백리사헌은 호선원과 백리혼이 이끄는 백랑사단의 무인들이 싸우는 곳으로 향했다.

아무래도 열 배 이상 차이 나는 숫자 때문에 백랑사단의 무인들이 밀리고 있던 탓이리라.

게다가 백랑사단의 무인들은 세 갈래로 나뉘어져 지금 이곳에 있는 숫자는 겨우 열 명 남짓.

아무리 백리세가의 사람들이라지만, 이들만으로 백도칠원 중 하나인 호서원을 상대하기엔 벅차 보였다.

'가문의 미래인 아이들이다. 저대로 당하게 놔둘 순 없지!'

이를 꽉 깨문 백리사헌이 심맥에 무리가 갈 정도로 내공을 단박에 끌어올리며 거칠게 주먹을 내질렀다.

쾅!

천지를 진동시키는 폭음과 함께 한 줄기 권력(拳力)이 벼락처럼 뿜어져 나왔다.

하늘을 끊고 영혼을 제압한다는 천절진혼권이었다.

콰앙!

귀청을 찢는 소리가 뇌성처럼 강하게 울렸고, 상당수의 호선원 무인들이 천절진혼권의 권력을 이기지 못하고 뒤로 떠밀려 나갔다. 그들이 밟고 서 있던 땅 또한 깊게 파여 웅덩이처럼 보이기도 했다.

이전에 우당각 앞에서 곽가량이 펼친 것과는 비교도 할 수 없을 만큼 어마어마한 파괴력이었다.

"……!"

순식간에 찾아온 고요.

호선원의 무인들은 입을 쩍 벌리며 아무 말도 내뱉지 못했다. 심지어 몇몇은 얼굴이 새하얗게 질려 눈동자까지 파르르 떨고 있었다.

그런 그들을 향해 백리사헌이 차분히 걸음을 옮겼다. 누가 시키지도 않았건만, 모두의 시선이 백리사헌에게 향했다. 마치 이끌리듯이 말이다.

저벅저벅, 뚝.

마침내 그가 걸음을 멈추고 호선원의 무인들을 둘러봤다.

"누가 감히 백리세가를 건드리는가?"

그 말에 유독 발끈하는 사람이 있었다. 그 역시 천절진혼권의 위력을 보고 잠시 멈칫했지만, 가만히 그런 소리까지 들을 생각은 없는 듯했다.

"여기 북쪽 땅에서 백리세가의 이름이 통할 것 같으냐!"

길쭉한 얼굴에 주름이 깊게 박힌 중년의 남성.

그는 손일광의 제자이자, 현재 호선원의 주인인 삭원방이었다.

하지만 아무리 백도칠원이라도 백아사천에 비할까?

그의 이름값도 백리사헌의 기세를 꺾을 순 없었다.

"네놈이 이곳의 주인인가?"

목소리만큼이나 냉랭한 눈빛.

그 눈빛을 마주하자 삭원방은 자신도 모르게 움츠러드는 걸 느꼈다.

"그렇다. 내가 바로 호선원의 원주인……."

그가 채 말을 잇기도 전이었다. 백리사헌이 번개처럼 손을 뻗어 바짝 세운 손끝으로 삭원방의 목을 쿡 찔렀다.

미처 반응할 틈도 없이 순식간에 벌어진 일.

삭원방은 자신의 목을 붙잡고 숨넘어가는 소리만 내뱉었다.

"커억! 컥!"

그런 삭원방을 향해 있던 백리사헌의 시선이 마치 그것으로 끝이라는 것처럼 무심하게 떠났다. 그리고 반대로 그의 시선을 받은 호선원의 무인들은 침을 꿀꺽 삼키며 주춤거렸다. 그 한 명에게 백 명도 넘는 무인들이 압도당한 것이다.

지금 같은 상황에서 한번 기세를 잡으면 끝까지 몰아쳐야 하는 법.

그에 백리사헌이 지체 없이 달려들자, 호선원의 무인들처럼 멍하니 있던 백리혼과 백랑사단의 무인들도 재빨리 몸을 날렸다.

퍼퍼퍼퍽!

열 명 남짓한 호선원의 무인들이 연달아 팔랑개비처럼 넘어가자, 그제야 호선원의 다른 무인들이 정신을 차리고 맞서기 시작했다.

백아사천이 아니라고 해도 백도칠원 중의 한 곳이다.

그리고 아무리 원주가 없다고 해도 수에서 압도적인 차이를 보이니 백리세가의 무인들은 쉽게 승기를 빼앗길 수밖에 없었다.

퍼퍼퍽!

백리사헌이 팔을 휘저으며 장법을 연달아 세 번 펼치자, 그 수만큼의 호선원 무인들이 날아가 전방이 뻥 뚫렸다.

백리사헌은 곧장 몸을 들이밀며 그곳으로 파고들었다.

자신이 최대한 많은 이들을 붙잡아야 백랑사단의 젊은 무인들이 편해질 거라 생각했기 때문이다.

그런데 그 순간, 머리 위에서 수많은 파공음이 울렸다.

제2장
호선원

펑펑!

두 줄기의 풍아기가 길게 꼬리를 그리며 떨어지더니, 호선원의 무인들을 가볍게 짓눌렀다.

"크흑!"

"윽!"

두 명의 무인이 풍아기에 눌려 땅바닥에 처박혔고, 바로 그들의 앞에 있던 백리사헌이 풍아기가 날아온 곳으로 고개를 돌렸다. 그러고는 씩 웃었다.

"왔구나."

그의 시선이 향한 곳엔 새벽에 먼저 쳐들어왔던 백랑사단의 나머지 무인들과 염악종, 그리고 당기철이 있었다.

각자 사소도의 조직들을 해치우기 위해 흩어졌건만, 이곳으로 오다가 만난 듯 마치 무리처럼 섞여 있었다.

파파파파팟!

그곳에서 묵직한 파공음을 울리며 빠른 속도로 날아드는 비도들이 있었다.

얼추 다섯 개 정도 되어 보이는 비도들.

그것들은 각기 다른 방향으로 흩어졌다.

퍼퍼퍼퍼퍽!

한 사람당 하나씩 호선원 무인들의 몸에 비도가 박혔다.

"크흑!"

"으윽!"

곳곳에서 비명 소리가 들렸고, 그 자리에서 그대로 고꾸라지는 무인들이 나타났다. 그리고 기다렸다는 듯이 그들이 서 있던 자리로 백랑사단의 무인들이 몸을 날렸다.

그런데 백랑사단의 무인들과는 반대로 호선원의 무인들이 빼곡히 들어선 곳을 향해 몸을 날리는 이가 있었다.

집채만 한 그림자가 비호처럼 날쌔게 날아드니, 그 밑에 있는 호선원 무인들의 얼굴이 새하얗게 질리는 것은 당연했다.

"피, 피해……. 으악!"

쿵!

지축을 흔드는 소리와 함께 염악종이 떨어져 내리며 호선원의 무인들 두 명을 깔아뭉갰다.

"흐흐흐. 청월도 놈들이 허약해서 몸을 풀다 만 것 같은 기분인데, 네놈들이 대신해서 내 몸을 풀어 줘야겠다."

그 말을 내뱉는 염악종의 몸에서 걷잡을 수 없는 기운이 폴폴 풍겼다.

콰득!

염악종이 가장 가까이에 있는 두 사람의 목을 잡고 머리 위로 쭉 끌어올린 다음 한 사람씩 땅바닥에 내팽개쳤다.

쾅! 쾅!

한 사람은 머리가 반쯤 땅바닥에 박히며 몸이 거꾸로 섰고, 또 다른 사람은 땅바닥을 미끄러지며 살갗이 쫙 까졌다.

그런 모습이 통쾌한 것인지 염악종은 괴상한 웃음소리를 내며 보지도 않고 손을 뻗었다.

"크하하하!"

또 한 사람이 그의 손에 잡혀 왔다.

그는 백랑사단의 무인을 공격하다 말고 갑작스럽게 뒷덜미를 잡아 이끄는 힘을 이기지 못하고 쭉 끌려왔다.

"헉!"

눈앞에 나타난 염악종의 얼굴.

그 험궂은 인상을 보고 있자니 절로 헛바람이 나왔다.

"이놈이 누굴 보고 기겁을 하는 게야?"

염악종이 인상을 찌푸리며 그의 다리와 목을 잡고 반으로 접어 등 뒤로 휙 넘겼다.

쿵!

뒤에서 크게 울리는 소리가 들려와도 염악종은 돌아보지 않고 다른 곳을 향해 손을 뻗었다.

그런데 이번에는 당당히 그 손을 쳐 내는 것이 아닌가?

퍼퍽!

그 손에 주먹이 연달아 두 번 꽂히며, 뒤로 쭉 밀어냈다.

그에 염악종이 호기심 가득한 눈으로 그를 쳐다봤다.

이제 막 중년의 경계에 발을 디딘 것 같은, 이목구비가 시원시원해 보이는 이였다. 호선원의 부원주인 원우였다.

주변에 있는 호선원의 다른 무인들과는 기백부터 달랐으나, 염악종의 눈에는 다 고만고만해 보였다. 그래서 그가 이곳의 부원주임을 알아차리지 못하고 이번에도 똑같이 손을 뻗었다.

쑤왓!

순식간에 얼굴을 덮쳐 오는 큼지막한 손.

원우는 황급히 고개를 뒤로 젖히며 다리를 차올렸다.

하단에서 상단으로 치솟는 각법.

그것은 염악종의 손목을 정확히 가격했다.

픽!

염악종의 손목이 위로 꺾이며 그의 손도 휘청거렸다.

그러나 그는 흥미진진하다는 듯이 웃고 있었다.

"제법이구나! 흐흐."

흔들리던 그의 팔이 다시금 바짝 서며 창처럼 쭉 찔러 들어
왔다.

쐐애액!

무시무시한 속도로 금세 지척까지 파고든 손.

그에 원우는 황급히 몸을 뒤로 빼며 바짝 세운 수도로 그 팔
을 위에서 내려쳤다.

그런데 그 순간······.

빙글.

염악종의 팔이 거꾸로 뒤집어지더니 그의 손바닥이 위로 튀
어 오르는 게 아닌가?

그리고 그 손바닥은 위에서 뚝 떨어지고 있는 수도를 덥석
잡아챘다.

콰득!

"잡았다!"

염악종이 싱글벙글 웃으며 잡은 그 손을 잡아당겼다.

"으윽!"

원우는 팔이 뽑혀져 나갈 것 같은 충격을 느끼며 실 끊어진
연처럼 딸려갔다.

쿵!

그대로 염악종의 가슴팍에 몸을 부딪힌 원우는 눈을 휘둥그

레 떴다.

"......!"

몸 전체를 뒤흔드는 충격.

무슨 철판에 들이박은 기분이었다.

그에 원우는 반탄력으로 거리를 벌리기 위해 염악종의 가슴 팍을 향해 장법을 내질렀다.

퍽!

"크흑!"

그러나 애꿎은 손목만 꺾이며 팔이 찌르르 울렸다. 염악종은 한 발자국도 밀려나지 않았고, 원우 또한 잡혀 있는 손목 때문에 거리를 벌리지 못했다.

"흐흐. 겨우 이 정도로!"

염악종이 그를 잡지 않은 손을 들어 그대로 내려찍으려는 찰나였다.

퍼퍼퍽!

염악종의 등으로 수많은 주먹이 꽂혔다.

퍼퍼퍼퍽!

쉴 새 없이 등을 두들기는 주먹들.

그 하나하나가 대기를 찢고 들어와 염악종의 살갗을 밀고 뼛속에까지 충격을 전달했다.

아무리 염악종이라도 맨몸으로 호선원의 주먹을 버틴다는 것은 쉽지 않은 듯 그의 얼굴이 금세 일그러졌다.

확실히 청월도 놈들에 비해 힘이 있는 주먹이었다.

그런 주먹을 가만히 맞고 있으니 몸이 넘어질 것처럼 흔들리는 것은 당연지사.

"크으, 이놈들이······."

염악종이 흑철마공을 끌어올리자, 그의 전신에서 검은 연기가 나와 등판을 집어삼키듯이 덮었다. 그러자 마구 흔들리던 염악종의 몸이 멈추며 타격음도 현저하게 낮아졌다.

퍼퍼퍽!

"크흑!"

오히려 염악종의 등을 치던 호선원의 무인들이 어금니를 꽉 깨물며 물러났다.

물러난 그들은 하나같이 주먹을 만지작거리고 있었는데, 그 주먹의 살갗이 땅바닥에 쓸린 것처럼 까져 있었다. 맨손으로 흑철마공의 기운에 맞선 탓이리라.

그러나 그들보다 더 괴로워하는 이가 있었다. 염악종의 손에 잡혀 흑철마공의 기운을 고스란히 맞고 있는 원우였다.

그는 자신의 기운을 갉아먹는 흑철마공의 기운 때문에 좀처럼 힘을 쓰지 못해 이러지도 저러지도 못하고 있었다.

"크흑!"

그가 쓰러질 것처럼 휘청거렸다. 그만큼 흑철마공의 기운이 거친 탓이었다.

그리고 그 순간, 그의 눈앞으로 대뜸 투박한 주먹 하나가 날아들었다.

검은 연기를 철철 흘리며 다가온 주먹.

고개를 들지 않아도 그 주먹이 누구의 것인지 충분히 알 수 있었다.

퍼억!

안면이 크게 출렁거리며 그의 고개가 고무줄을 당겼다가 놓은 것처럼 뒤로 꽉 넘어갔다.

그러나 염악종은 그런 원우에게 눈길 한 번 주지 않고 곧바로 몸을 돌리며 주먹을 내질렀다.

퍽! 퍼억! 퍽! 퍽!

짧고 간결한 주먹질.

그러나 정확하고 묵직하다.

조금 전까지 염악종의 등을 신나게 두들기던 호선원의 무인들이 그 주먹질에 속수무책으로 넘어갔다.

"산적 놈이 감히……."

그때, 수십 명의 그림자가 염악종의 몸을 뒤덮었다.

"음?"

그에 염악종이 위를 올려다보니, 얼추 이십 명가량 되는 호선원의 무인들이 개구리처럼 팔다리를 벌린 채 덮쳐 오고 있었다.

"이것들이……."

염악종은 으득 이를 갈며 그들을 노려봤다. 이제 주먹을 날려 봤자 기껏 한두 명만 쳐 낼 수 있으리라.

"나를 뭐로 보고……."

그러나 말을 채 잇기도 전에 그 이십 명가량 되는 호선원의 무인들이 덕지덕지 달라붙어 염악종을 옥죄었다.

하지만 얼마 가지 않아, 그 속에서 염악종의 기합이 터져 나왔다.

"크아아아아!"

그와 동시에 일어난 강력한 기운이 그 꽉 뭉쳐 있던 호선원의 무인들을 모두 바깥으로 쳐 냈다. 그런데 그걸로도 부족하다는 듯 그 강력한 기운이 끝없이 일어나며 기둥처럼 솟아올랐다.

콰르르, 콰쾅!

그 기운 밑에서 땅바닥이 풀썩 가라앉고, 또 한 번 가라앉았다. 무너지지 않은 게 신기할 따름이었다.

그러나 그 강력한 기운은 멈추지 않고 점차 벌어지면서 주변에 있는 호선원의 무인들을 바깥으로 밀어냈다.

쿠쿠쿠쿵!

미친 듯이 흔들리는 지축.

그 안에 있던 호선원의 무인들은 모조리 튕겨져 나갔다.

하지만 일전에 그런 광경을 본 적 있던 백랑사단의 무인들 몇몇은 다른 사람들에게 신호를 보내 그 공격권 밖으로 같이 물러났다. 그러고는 경계 밖에서 자신들을 따라 물러서는 호선원 무인들을 향해 공세를 퍼부었다.

콰앙!

엄청난 폭음과 함께 염악종이 뿜어내던 기운이 사라지고, 텅 빈 공간에 홀로 서 있는 염악종이 나타났다.

쓰으으으!

그 기운이 훑고 간 지면에선 용암 지대처럼 연기가 부스스 일어났다.

하지만 호선원의 무인들은 지체 없이 그 안으로 발을 들이밀며, 잠시 움직이지 못하고 있는 염악종을 향해 달려들었다.

하지만 그 순간, 반대편으로 대피했던 백리혼이 성큼 발을 들이밀며 검을 크게 내려찍었다.

꽈앙!

한 가닥의 검기가 거대하게 일어나 염악종이 있던 공간을 가르고 반대편까지 도달했다.

마치 번개가 치듯 한순간에 모든 것을 갈랐다.

그리고 그 끝에서 검기에 찍힌 호선원의 무인들은 땅바닥을 나뒹굴며 비명을 지르기 시작했다.

그런 그들의 옆으로 잘린 팔과 다리가 굴러다녔고, 피가 철철 흘러내렸다.

그 섬뜩한 광경에 호선원 무인들의 기세가 바짝 움츠러들었다.

반면, 그들을 둘러싼 백랑사단의 무인들은 기백이 넘쳐났다. 저 뒤편에서 어떤 소리가 들려오기 전까지 말이다.

"대백!"

목청껏 지르는 목소리가 불길하게 흔들린다.

그에 사방에 퍼져 있던 백리세가 무인들의 시선이 일제히 그 소리가 퍼진 곳으로 향했다.

그곳에는 북쪽 땅의 무인들에게 둘러싸여 거친 숨을 몰아쉬는 백리자청이 있었다.

온몸이 땀으로 젖어 있었다. 그렇다고 어디 상처 난 곳도 보이지 않았다.

그런데 그 생각을 뒤집기라도 하듯, 백리자청의 입꼬리에서 붉은 선혈이 주르륵 흘러내렸다.

피가 검게 죽어 있지 않은 것으로 보아, 내상은 아닌 듯했다. 그저 일시적으로 기혈이 뒤틀리면서 나온 것으로 보였다.

문제는 그의 노쇠한 몸이 그의 강대한 내력을 떠받치지 못하는 것이었다.

한 사람에게 집중 공세를 퍼붓는 게 아니라, 여러 명을 상대로 지속적으로 내력을 소모하다 보니 노쇠한 몸에 금이 가듯 버티질 못했다. 게다가 부족한 인원 때문에 내공 소모가 심한 무공만 연달아 펼쳐 몸에 큰 무리가 갔다. 그래서 기혈이 뒤틀렸고, 피를 한 줄기 흘린 것이다.

무인이라면 가끔씩 일어날 법도 한 일이다.

문제는 그 당사자가 나이 지긋한 백리자청이라는 것이었다.

백리자청은 자신에게 쏟아지는 시선을 느끼고 손을 들어 보였다.

"괜찮다, 괜찮아. 잠시 기혈이 뒤틀린 것뿐이야."

하지만 그 말에 마음을 놓을 사람은 없었다.

타앗!

백리자청과 그나마 가까운 곳에 있던 총관 백리공이 훌쩍 몸을 날리며 백리자청의 주변으로 장력을 쏟아냈다.

두 줄기의 장력이 길게 꼬리를 그리며 나와 눈부신 속도로 뻗어 갔다.

퍼퍽!

뒤에서 백리자청을 기습하려던 북쪽 땅 무인 두 명이 턱에 그 장력을 맞고 눈동자가 하얗게 뒤집어졌다. 그리고 어느새 이 부근까지 날아온 백리공이 휘청거리는 그 둘을 향해 발길질을 날려 멀리 떨어뜨렸다.

"대백! 괜찮으십니까?"

땅에 착지한 백리공이 백리자청의 몸에 바짝 붙으며 묻자, 백리자청이 손으로 입가를 닦으며 말했다.

"걱정 말래도. 아직 싸울 수 있으니 염려 마라."

그 말에도 백리공은 근심 어린 눈길을 거둘 수 없었다.

하지만 이곳은 전장의 한복판.

계속 이대로 있을 수는 없었다.

백리자청이 돌연 그를 밀쳐 내며 그의 뒤로 장력을 흘려보냈다.

퍼억!

뒤에서 덤벼든 북쪽 땅의 무인이 걸레짝처럼 튕겨져 나가며 땅바닥을 뒹굴었다.

아직은 건재하다는 걸 보여 주기 위해 일격에 끝낸 것이다.

"이런 곳에서 쓰러질 만큼 나약하지 않다."

백리자청은 스스로 북쪽 땅의 무인들이 밀집해 있는 곳을 향해 걸음을 옮기며 거친 기세를 뿌려 댔다.

범접하기조차 힘든 절대의 기운!

북쪽 땅의 무인들이 자신들도 모르게 침을 꿀꺽 삼키며 뒤로 주춤주춤 물러섰다.

그런 그들을 향해 백리자청이 몸을 날리며 미친 듯이 공세를 퍼부었다.

*　　*　　*

쿵!

또 한 사람이 백리운의 앞에서 무릎을 꿇었다. 그리고 그의 주변으로 박살 난 도의 파편이 후드득 떨어졌다.

채채채챙!

땅바닥에 떨어지면서 난 쇳소리가 현월교 전체를 울리는 듯했다.

그러나 백리운은 감흥 없는 듯 무심한 눈빛으로 일관했다.

하기야 그 주변에 널브러져 있는 인원만 백이 넘었고, 지금처럼 잘게 쪼개진 도의 파편은 수천 개가 넘었다.

그런 상황에서 한 사람 더 무너뜨린다고 홍이 돋을까?

그의 무심하면서도 냉랭한 눈빛이 전방을 쓸었다.

아직도 건재하게 서 있는 자들이 수백 명이 넘었다.

"흐음."

짧은 침음.

그들이 부담되어 내뱉은 건 아니다.

'이리 쓰러뜨렸는데도 기세가 조금도 줄지 않았군.'

보통 이 지경까지 오게 되면 눈빛이 흔들리고 기세가 움츠러들기 마련인데, 현월교의 무인들은 시간이 지날수록 의자가 불타오르는 것이 보였다.

눈앞에서 동문의 무인들이 무차별적으로 쓰러져도 그들은 눈 하나 깜빡 안 했다.

'대단하군. 이 정도의 충성심이라니……'

서로 죽고 죽이며 동문의 사람을 밟고 오르는 것이 현월교의 법칙이라 들었다.

보통 그런 경우엔 충성심을 찾아보기 어려울진대, 지금 이들의 눈빛에선 금강석 같은 단단한 충성심이 쏟아져 나왔다.

백리운은 자신의 발 앞에서 무릎을 꿇고 머리를 숙인 채 꿈쩍도 안 하는 나시우를 보며 옅은 미소를 지었다.

'자기 사람만큼은 확실히 챙기나 보군.'

그때였다. 수백 명의 무인들이 몰려 있는 곳에서 검고 길쭉

한 도가 앞으로 불쑥 튀어나왔고, 그 도와 함께 질풍처럼 날아드는 중년의 사내가 있었다.

매서운 눈초리에 시원스런 이목구비.

그런 그가 새하얀 장포로 말쑥한 차림을 하고선 손안에 있는 묵빛의 도를 거침없이 휘둘렀다.

백리운은 그의 움직임을 보자마자 그가 현월교의 교주인 나상문임을 알아차렸다.

'저 검은 도는 흑수도(黑鐩刀)겠군.'

현월교에서 나시우의 구월도와 비견할 수 있는 유일한 무기다. 그리고 그것은 나상문의 애병으로 더 유명하기도 했다.

쐐애액!

횡으로 그어지는 흑수도를 따라 흑색 도기가 반듯하게 뿜어져 나왔다.

마치 백리운의 몸을 두 동강으로 나누려는 듯, 그의 허리를 노리고 허공을 싹둑 베어 왔다.

쓰아아앗!

대기가 갈라지는 소리가 섬뜩하게 다가왔다.

이미 몸을 뒤로 물렸음에도 그 소리에 전율이 일었다.

나시우에 비하면 내력은 딸리나, 도를 다루는 솜씨는 훨씬 뛰어났다.

가히 도(刀)의 장인이라 할 수 있었다.

파파팟!

눈앞을 가르던 흑수도가 갑작스레 찔러 들어왔다.

"흐음?"

백리운의 눈초리가 꿈틀거렸다.

보통, 도는 저런 식으로 찌르기를 하지 않는다.

그것은 검이나 창 같은 무기나 하는 공격 방식이다. 도와는 어울리지 않았다.

그런데 작살처럼 찔러 전해지는 그 도는 끝으로 허공을 밀어치며 깊숙이 들어왔다.

따앙!

백리운이 도끝을 노리고 손가락을 튕기자, 흑수도가 옆으로 쭉 미끄러졌다.

"흠!"

손목을 찌르르 울리며 뼛속 깊숙이 들어오는 통증.

그에 나상문은 인상을 찌푸리며 반대쪽 손을 다급히 출수했다.

쑤우우우!

오므린 손가락과 빙글 도는 손목.

그와 동시에 세찬 경력이 일어나더니 손가락 주위를 둥그렇게 감싸 안았다.

현월교의 대표적인 금나수인 현천장(玄千掌)이었다.

그 현천장을 따라 대기가 급격히 빨려 들어가며 둘 사이의 거리까지 모조리 빨아들였다.

그가 손을 내민 순간, 옷자락을 잡아채고 살점마저 물어뜯으려고 한다.

찌이익!

옷자락이 팽팽하게 당겨졌다.

묵천마교의 신물인 묵야귀포가 아니었다면 진즉에 옷자락이 찢겨졌으리라.

'무슨 옷이…….'

나상문은 자신의 손에 잡힌 옷이 일순간 철판처럼 단단하게 느껴졌다. 아니, 철판이라도 현천장의 앞에선 종잇장처럼 찢어지기 마련이건만…….

이건 동물 가죽보다 질겨서 늘어나기만 할 뿐, 찢겨지지가 않았다.

턱!

어쩔 수 없이 그 옷깃을 놓으며 밀어 친 나상문은 다시 팔을 뻗어 옷자락 밑으로 손을 뻗었다.

단번에 살점을 노리고 파고드는 현천장!

저것에 휩쓸리면 뼈까지 통째로 뜯겨져 나가리라.

스윽!

백리운의 몸이 그 자리에서 잔상처럼 번지더니 완전히 꺼져버렸다.

파아아.

현천장은 애꿎은 허공을 잡아챘다.

'어디로 간 거지?'

나상문은 현천장을 풀지 않고 좌우를 빠르게 둘러봤다. 하지만 그 어디에도 백리운은 보이지 않았다.

그때였다.

"크악!"

"으아아아악!"

등 뒤에서 소름 끼치는 비명 소리가 연거푸 터졌다.

듣기만 해도 뇌리에 박히는 그 처절함이 생생하게 느껴졌다.

그건, 북쪽 땅에서 한평생 살아온 나상문조차 쉽게 듣지 못한 것이었다.

아주 잠깐의 멈칫함.

번개가 치듯 한순간인 것 같은데, 들려온 비명 소리는 헤아릴 수 없을 정도로 많았다.

"이놈!"

나상문이 눈에 불을 켜고 휙 돌아봤다. 그러나 그 순간, 그의 눈빛은 걷잡을 수 없이 흔들렸다.

"……."

무려 수백 명에 달하는 현월교 무인들의 몸이 기다란 핏줄기를 내뿜으며 뒤로 넘어가고 있었다. 그리고 그들과 더불어 수천 조각의 쇳조각이 진눈깨비처럼 흩날리며 떨어졌다.

그 쇳조각은 현월교의 무인들이 조금 전까지 들고 있었던 도

이리라.

후두두둑.

"꺼억! 꺼어……."

숨넘어가는 소리와 도의 파편이 떨어지는 소리가 맞물려 음산하게 다가왔다. 그리고 그것들 사이에서 거센 물살이 일듯 흔들리는 대기가 보였다.

그에 나상문이 눈을 부릅뜨고 물었다.

"무슨 짓을 한 것이냐?"

그 말에 백리운이 덤덤히 웃으며 돌아섰다.

"그대는 알고 있었나, 현월교의 뿌리가 어떤 곳인지……."

"무슨 소리를 하는 게냐?"

"모르는 건가? 그럼 나시우와 얘기하는 편이 더 낫겠군."

그 말에 몸을 움찔 떤 나상문이 곧바로 기세를 키웠다. 그 순간, 곧바로 백리운의 냉랭한 시선이 꽂혔다.

"상황 파악을 못하는군. 지금 이곳에 그대 말고 서 있는 자가 보이는가?"

"……."

백리운의 뒤로 보이는 현월교의 모습은 그야말로 처참하기 그지없었다.

하지만 이대로 물러설 수는 없는 법.

나상문은 입을 꾹 닫고 흑수도를 들었다.

그런데 그 순간…….

까앙!

번개가 치듯 눈앞에서 샛노란 빛이 번쩍였다. 그와 동시에 손안에 있던 흑수도가 공중에 떠올라 풍차처럼 빙글빙글 돌았고, 그 흑수도를 쥐고 있던 손아귀는 피로 흥건히 젖을 만큼 찢어져 있었다.

"끄으으……."

그 손아귀에서 느껴지는 지독한 통증에 나상문은 얼굴을 일그러뜨렸다.

그런데 돌연 등 뒤에서 지축을 흔드는 폭음이 울리는 게 아닌가?

콰콰콰콰콰쾅!

그에 나상문이 눈을 휘둥그레 떴다. 그러고는 서서히 뒤돌아보았다. 그러자 그곳에 있던 대청이 모래성처럼 와르르 무너지며, 흙먼지를 동반한 엄청난 잔해들이 해일처럼 밀려드는 광경이 눈에 들어왔다.

그곳과는 상당 거리가 있었건만, 단숨에 나상문의 발목이 잠길 만큼 어마어마한 양의 잔해였다.

'뭐지?'

나상문은 방금 자신의 눈앞에서 번쩍이고 저 대청까지 무너뜨린 샛노란 빛이 무엇인지 감조차 잡지 못했다. 그래서 입을 다물지 못한 채 다시 백리운을 쳐다봤다.

그런데 그 순간, 또다시 눈앞에서 빛이 번쩍였다.

'달?'

나상문은 그제야 그 빛의 정체를 알아챌 수 있었다. 하지만 그때는 이미 그 초승달이 한쪽 팔을 자르고 지나간 뒤였다.

쐐애애액!

등 뒤로 뻗어 간 초승달의 파공음이 뒤에서 엄습했다. 팔이 잘린 고통을 아주 잠시 잊게 할 만큼 무섭게 다가왔다.

오싹!

피부가 뜯겨져 나갈 것 같은 공포.

그리고 그 공포 뒤로 활화산처럼 터지는 통증.

"끄아아아!"

그저 비명만 지를 뿐, 머릿속이 아득해져 아무런 생각도 할 수 없었다.

그만큼 팔이 잘려 나간 고통의 크기는 상상을 초월했다.

그런데 그때, 반대편 팔에서도 핏줄기가 솟아나더니 얼굴에 튀는 게 아닌가?

그리고 뒤늦게 들려오는 소리.

서걱!

툭.

나상문이 바들바들 떨며 땅을 내려다봤다.

하나여야 할 팔이 두 개나 떨어져 있었다.

그리고 또다시 등 뒤에서 들리는 파공음.

쐐애애액!

또 달이 지나간 것이다.

"으……."

이제는 비명도 나오지 않았다.

뚜두두둑.

양어깨에서 흘러내리는 피는 땅바닥을 적시고 또 적셨다.

그 피를 넋 놓고 보고 있을 때였다.

뚜벅뚜벅.

또렷이 울리는 발소리에 천천히 고개를 들었다. 그러자 세 발자국 앞에서 씩 웃고 있는 백리운이 보였다.

그의 입가에 번진 미소가 소름 끼치도록 무섭게 느껴졌다.

"네, 네놈의 정체가 무엇이냐?"

"나? 백리운이지. 때로는 백리세가의 소가주나 동쪽 땅의 대표라고도 불리지."

"그럴 리가 없다! 본교를 단신으로 무너뜨리는……."

"걱정 마라. 별로 죽이지도 않았으니. 아무렴 주인이 부하들을 막 죽일까?"

"부하라고?"

백리운이 그와의 거리를 한 걸음으로 줄였다.

"그것이 지금 네놈을 살려 두는 이유다."

"뭐, 뭣이?"

"한 팔은 패배의 대가라고 생각하고, 한 팔은 주인인 나에게 바치는 것이라 여겨라."

새하얗던 그의 얼굴이 금세 시뻘겋게 달아올랐다.

방금 백리운이 내뱉은 말은 죽음보다 더한 치욕이었던 것이다.

"차라리 죽여라."

그 말에 씩 웃은 백리운이 재빨리 손을 뻗어 그의 혈도를 짚었다. 말도 하지 못하고 혀도 깨물지 못하게 말이다.

"현월교는 강자만이 모든 걸 얻고, 강자의 말을 철저히 따르지. 아주 좋은 규율이야. 그 덕분에 나시우 저놈만 길들이면 현월교는 말을 잘 들을 테지."

"……."

나상문은 움직이지도 못하고 눈동자만 파르르 떨 뿐이었다.

"나시우는 내가 데려가지."

백리운이 뒤돌아 무릎을 꿇은 채 기절해 있는 나시우의 앞으로 향했다. 그러고선 단번에 그를 어깨에 둘러메며 다시 나상문의 앞으로 돌아왔다.

"혈도는 시간이 지나면 알아서 풀릴 것이다. 그때가 되면 이미 모든 일이 끝나 있겠지만……."

백리운은 나시우를 둘러멘 채 나상문을 지나 바깥으로 향했다.

그가 나가고 풍비박산이 난 현월교 안에 혼자 남은 나상문은 사방에 널브러진 현월교의 무인들을 보며 비통함에 치를 떨었다.

마을 무관도 아니고, 백아사천 중 하나인 현월교를 단신으로 이리 만들다니.

눈으로 보고도 믿을 수 없었다.

나상문은 한동안 머릿속이 새하얗게 변해 멍하니 서 있기만 했다.

* * *

현월교 밖으로 나온 백리운은 그 주변에서 포진하고 있는 은밀한 기운들을 느꼈다. 그에 잠시 멈춰 서서 그 기운들을 관조했다.

'이 기운은……'

일전에 느껴 본 적 있는 기운이었다.

'수라각인가?'

백리운은 잠시 고민했다. 어깨에 둘러멘 나시우를 두고 저들에게 달려들어야 할지, 아니면 못 본 척 지나가야 할지 말이다.

'보아하니 무슨 일이 있었는지 다 지켜본 것 같은데……'

현월교가 멀쩡했다면 주저 없이 수라각을 처리했을 것이다.

하지만 지금은 현월교가 힘을 못 쓰는 상태.

그리고 지금은 북쪽 땅에서 사대요단과 백랑사단이 힘을 쓰고 있다.

'그나저나 수라각은 현월교에게 완전히 붙은 건가?'

백리운은 잠시 주춤거리며 생각하다가, 문득 북쪽 땅의 한가운데를 향해 달려가는 무리를 보고 주저 없이 걸음을 옮겼다.

"운이 좋군."

백리운이 몸을 날리며 내뱉은 말에 주변에서 한숨 소리가 뿜어져 나왔다.

웬만해선 동요를 하지 않는 살수들이라지만, 단신으로 현월교를 박살 내는 걸 보고도 가만히 있을 수는 없었다.

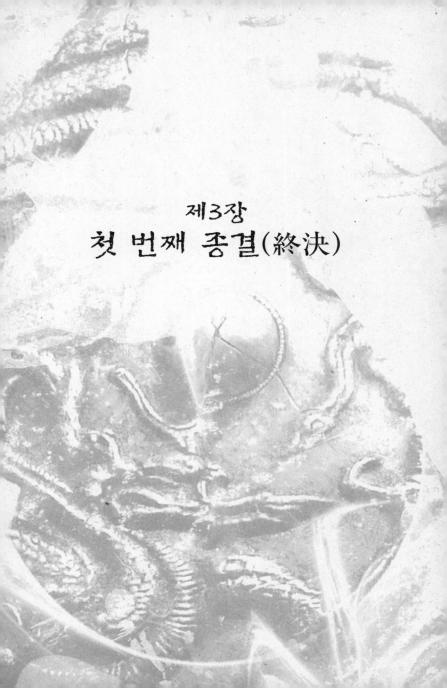

제3장
첫 번째 종결(終決)

장벽처럼 주변을 둘러싼 북쪽 땅 무인들의 너머에서 백리세가 사람의 목소리가 들려왔다.

"끝이 보이지 않는군!"

그에 백리사헌이 자신도 모르게 고개를 끄덕이며 빠르게 주변 상황을 살폈다.

그나마 다행으로, 호선원의 무인들은 백랑사단의 무인들 덕분에 어느 정도 처리가 된 상태였다. 만약 호선원의 원주를 처음에 제압하지 않았다면 백리세가 측도 큰 피해를 입었을 것이리라.

그리고 처음에는 끝을 모르고 에워싸던 북쪽 땅의 무인들도 이제는 서 있는 사람보다 누워 있는 사람이 많았다.

하지만 벌써 한 시진째 그러고 있었다.

내력은 끝없이 소모되고 체력은 한없이 지쳐 갔다.

수적으로 열세임에도 이리 버틴 것만 해도 대단한 일.

하지만 백리세가의 무인들은 그것으로 만족하지 않는 듯했다.

특히 백리사헌은 숨을 헐떡이면서도 전방에 공령신수를 펼치고 또 펼쳤다.

수많은 손 그림자가 소용돌이치며 앞으로 쭉 뻗어 갔다.

콰콰콰쾅!

땅거죽이 뒤집어지고 대기가 진동한다.

그 여파에 휩쓸린 북쪽 땅의 무인들은 종잇장처럼 날아가 땅바닥에 처박혔다.

그리고 그 엄청난 광경에 사방에서 침 넘어가는 소리가 들렸다.

"음?"

백리사헌은 자신이 뻥 뚫어 놓은 길을 보고 작게 안도했다. 저 멀리 보이는 사대요단의 무인들도 착실히 북쪽 땅의 무인들 쳐 내고 있었기 때문이다.

이대로만 간다면 북쪽 땅을 무너뜨릴 수 있을 것이리라.

다만, 마음에 걸리는 점이 두 가지 있었다.

하나는 당연히 현월교였다.

그들이 등장한다면, 지금 남은 체력으로는 제대로 손도 써 보지 못하고 쓰러질 것이다. 그리고 나머지 하나는 수일각도원(修一覺刀園)이었다.

그들 역시 호선원처럼 백도칠원 중 하나로 이곳 북쪽 땅에 자리 잡고 있었다.

만약 그들이 온다면, 상황이 지금처럼 유리하게만 흘러가지 않을 것이다.

'제법 많은 피를 흘리겠지…….'

다행히 현월교는 백리운이 잘 맞고 있는 듯 코빼기도 보이지 않았으나, 수일각도원은 누구 하나 막는 이도 없는데 등장하지 않으니 불안감은 커질 수밖에 없었다.

'어쩌지.'

그들이 신경 쓰여 남은 힘을 함부로 쓸 수 없었다.

그들이 나타난다면, 호선원에 그랬던 것처럼 단번에 원주를 쳐야 한다.

그래서 호선원이 오합지졸처럼 밀려난 것이다. 그게 아니었다면 백도칠원 중 하나로서 이 전장에 어마어마한 영향을 끼쳤을 것이다.

그만큼 백도칠원이 주는 압박감은 상당했다.

"음?"

백리사헌이 이것저것 재면서 힘을 아껴 두고 있을 때였다. 돌연 그의 시야에 저 반대편 거리에서 격전을 벌이던 사대요단이 북쪽 땅의 무인들을 이쪽으로 모는 것이 보였다.

일단, 지금의 상황으로는 승기를 잡은 상태이니 북쪽 땅의 무인들을 한가운데로 모아 놓고 처리할 생각인 듯했다.

나름 괜찮은 방법.

백리사헌은 그 즉시 몸을 날려 뒤편으로 향했다.

"모두 이쪽으로 오시오!"

그의 외침에 널리 흩어져 있던 백리세가의 무인들이 훌쩍 몸을 띄워 백리사헌이 있는 곳으로 모였다.

그리고 그러는 와중에 백리사헌이 백리혼을 보며 입을 열었다.

"사숙, 반대쪽에서 사대요단이 북쪽 땅의 무인들을 이곳으로 몰고 있습니다. 백랑사단이 저 한쪽에서 몰아주십시오. 그 건너편은 본가가 몰겠습니다."

백리혼은 고개를 끄덕이며 곧장 몸을 날렸다.

"백랑사단은 나를 따르라!"

그 말이 끝나기 무섭게 백랑사단의 무인들을 비롯한 당기철과 염악종도 같이 몸을 날렸다.

그들이 한 번에 빠지자 백리세가의 어른들만이 남았다. 그에 백리사헌이 반대 방향을 가리키며 말했다.

"우리는 저쪽으로 퍼져서 적들을 한곳으로 몰아넣읍시다."

"가주의 명을 받들겠습니다."

총관을 시작으로 그 배분의 백리세가 무인들이 빠르게 움직였다. 반면, 원로라 할 수 있는 가문의 어른들은 천천히 걸으며 그쪽으로 향했다.

하지만 그들은 걷기만 했을 뿐, 그 먼 거리를 격하고 수없이 공세를 퍼부었다.

대지를 흔드는 거센 공격들.

백리세가의 이름에 걸맞은 힘이었다.

비록 그들의 숫자가 적으나, 그들은 주변을 둥그렇게 감싸 안으며 북쪽 땅의 무인들을 자신들의 안쪽으로 몰아세웠다.

"어? 어!"

"이런!"

뒤늦게 북쪽 땅의 무인들이 그 수법을 간파하고 벗어나려 하지만, 이미 좌측에는 사대요단의 무인들이, 우측에는 백리세가의 무인들이 포진해 있어 도망칠 수 없었다.

북쪽 땅의 무인들은 몰리고 또 몰려서 한데 뭉쳐 있었다.

아직까지 인원수로만 따지면 북쪽 땅의 무인들이 더 많았지만 그 차이는 이전에 비해 현저하게 줄었다.

그게 가능했던 이유는 백리세가의 압도적인 무력도 한몫했지만, 그들을 한데 모아 지휘할 수 있는 현월교의 사람이 없기 때문이다.

북쪽 땅은 다른 땅과는 다르게 철저히 강자 중심으로 돌아간다. 그래서 보통 이런 대규모의 격전이 벌어지면 누군가 이끌어 갈 사람이 필요하다.

하지만 어찌 된 일인지 현월교의 무인들은 코빼기도 보이지 않았다.

그러다 보니 북쪽 땅의 무인들은 제멋대로 날뛰기 시작했고, 금방 동쪽 땅의 무인들에게 잡혔다.

게다가 이 지경까지 몰리고 나니, 수적 우열로는 어찌해 볼 생각이 안 들었다. 서로가 눈치를 보며 주춤거렸다.

어느새 그들이 기세도 눈에 띄게 움츠러들었다.

본래, 기세란 것이 불처럼 타오르다가도 그만큼 쉽게 꺼지는 것이다.

"어, 어쩌지."

점점 불안해하는 사람들의 목소리가 튀어나왔다.

몇몇 이들은 긴장으로 어깨가 뭉쳐 있는 것까지 보였다. 그에 동쪽 땅의 무인들은 함부로 덤벼들지 않고 조용히 한 걸음씩 움직이며 거리를 좁혀 가기만 했다.

그렇게 서서히 옥죄기만 할 뿐, 함부로 공세를 넣지 않았다.

그것만으로도 북쪽 땅 무인들의 기세를 무너뜨리기에는 충분했다.

뭉친 곳에서 더 좁게 뭉쳐 들려고 하니, 발이 엉키는 사람도 생기기 시작했다.

비틀!

발이 꼬여 휘청거리다가도 금방 다시 일어났다.

그런 그들을 보며 백리사헌의 마음은 침착해졌다. 승기를 잡았다고 생각한 것이다.

'이런 상황에서 급하게 움직였다가, 오히려 역으로 당할 수 있다. 차분히 몰아가자.'

그런데 그 생각을 보기 좋게 깨뜨리는 소리가 있었다.

우두두두!

저 멀리서부터 지축이 흔들려 왔다.

"뭐지? 북쪽 땅에 기마 부대라도 있었나?"

백리사헌이 당황한 기색이 역력한 얼굴로 그곳을 쳐다봤다.

거리를 꽉 채운 채 무서운 기세로 달려드는 자들.

그들은 일부러 다리에 힘을 주고 땅을 흔들고 있었다. 그리고 그들을 보자마자 백리사헌이 눈을 부릅떴다.

"수일각도원!"

염려하던 자들이 나타났다. 어두운 청색 옷을 입고 끝이 둥그렇게 휘어져 있는 철도를 쥔 자들.

그 철도는 대게 몽둥이처럼 둔탁해 보였다.

그런 특이한 도를 쓰는 자들은 세상에 한 곳뿐이었다.

수일각도원, 오직 그들밖에 없었다.

'큰일이군.'

백리사헌이 속으로 침음을 삼켰다.

아직 거리가 있었음에도 그들의 발 울림은 이곳까지 생생히 전해졌다. 그만큼 깊은 내력의 소유자들이니라.

게다가 그들은 호선원과 달리 나타날 때부터 한데 뭉쳐 있으니, 호선원 때처럼 원주만 따로 제거하는 것은 힘들어 보였다.

'어쩌지?'

저들의 진격을 막고자 몸을 날리자니 그물망으로 잡은 것처럼 한곳에 모아 둔 북쪽 땅의 무인들이 흩어질 게 걱정이 되었다.

그렇다고 이대로 있자니 반대로 북쪽 땅의 무인들과 수일각도원의 무인들 사이에 끼게 되는 상황이 벌어질 것 같았다.

"우아아아아!"

"수일각도원이 왔다!"

북쪽 땅 무인들의 기세가 활화산처럼 터지며 귀청을 찢는 함성이 이어졌다.

"동쪽 땅 놈들을 모두 죽여 버려라!"

"죽여 버리자!"

한번 타오른 기세는 불길처럼 빠르게 번졌다.

어느새 뭉쳐 있던 북쪽 땅 무인들이 의기양양하게 서로 거리를 벌렸다. 그에 동쪽 땅의 무인들은 반대로 조금씩 물러나야 했다.

"저들이 오기 전에 북쪽 땅 놈들을 최대한 처리……."

그때였다. 그 말을 잇기도 전에 땅 전체를 울리던 거대한 진동음이 뚝 멈췄다. 그와 동시에 말끝을 흐린 백리사헌이 무슨 일인가 싶어 수일각도원의 무인들이 있는 곳을 향해 고개를 돌렸다.

투두두두둑.

챙그랑!

수일각도원의 무인들이 돌연 앞으로 고꾸라지며 수중의 철도를 떨궜다.

그 많은 인원이 동시에 쓰러지니 이 일대가 알 수 없는 정적에 휩싸였다.

"뭐, 뭐지?"

"어, 어째서 수일각도원이……."

북쪽 땅 무인들의 눈빛이 흔들리며 그곳으로 향했다. 그리고 그들은 한 사람만 서 있는 광경을 보았다.

모두가 쓰러진 그곳에서 당당히 서 있는 자. 그것도 어깨에는 웬 사내를 둘러메고 있었다.

"누구지?"

북쪽 땅의 무인들뿐만 아니라 모두의 시선이 그에게로 향했다. 마치 그가 잡아 이끈 것처럼 시선이 빨려 들어갔다.

저벅저벅.

쓰러져 있는 수일각도원의 무인들 사이로 걸어 나오는 젊은 사내.

긴 머리를 휘날리는 것이 묘한 분위기를 형성했다.

그런데 그 모습을 보고 있던 동쪽 땅 무인들의 표정이 크게 흔들렸다.

"소가주……."

누군가 조용히 내뱉은 말.

그 말에 모두가 크게 동요했다.

"배, 백리운이다."

"백리운!"

"동쪽 땅의 대표까지 왔다!"

"그런데 백리운의 어깨에 있는 사람은 누구지?"

그 말에 몇몇 이의 시선이 급격히 한곳으로 맞춰지더니 이내 눈이 번쩍 떠졌다.

"나, 나시우!"

"소교주라고?"

"허튼소리! 다른 사람도 아니고 소교주가 겨우 백리운 따위에게……."

그러나 백리운이 점점 가까워질수록 성난 자들의 목소리가 누그러들었다.

이제는 그의 어깨에 정신을 잃고 들려 있는 자가 누구인지 그들도 명확히 볼 수 있었기 때문이다.

보기만 해도 얼굴이 하얗게 질리는 광경이었다.

그럴 수밖에 없는 것이, 북쪽 땅의 사람들에게는 나시우가 무소불위의 상징이나 다름없기 때문이다.

철저히 강자만이 살아남는 곳에서 정점을 찍은 자다.

그런데 그런 자가 지금 다른 사람의 어깨에 온몸을 늘어뜨리고 있었다.

그것은 생각 이상으로 큰 충격을 주었다.

뚝.

어느새 이 앞까지 다가온 백리운이 걸음을 멈췄다. 그에 북쪽 땅의 무인들은 귀신에 흘리기라도 한 것처럼 멍한 눈으로 백리운을 바라봤다.

그러나 백리운의 시선은 그들이 안중에도 없다는 듯 땅바닥에 쓰러져 있는 북쪽 땅의 무인들을 향했다가 멀쩡히 서 있는 동쪽 땅의 사람들에게로 움직였다.

"수고했다. 이만 가자."

그의 말 한마디에 주변을 포위한 동쪽 땅의 무인들이 뒤로 물러서면서 포위망을 풀었다. 그러자 북쪽 땅의 무인들이 어안이 벙벙해져서 고개를 두리번거렸다. 그래도 동쪽 땅의 무인들은 신경도 쓰지 않고 그들과 제법 거리를 두었다. 그리고 더 이상 기세를 내뿜지 않았다.

그제야 백리운의 시선이 북쪽 땅의 무인들이 모여 있는 곳으로 꽂혔다.

"계속 싸울 생각인가?"

"……."

그 말에 섣불리 대답하는 자는 없었다. 나시우가 잡힌 이상 현월교도 패했다는 것은 당연했기 때문이다.

하지만 자존심 때문인지 꽤 많은 이들이 제법 뚜렷한 살기를 품고 있었다.

그것은 곧 전의(戰意)와도 같았다.

피식.

그 생생한 살기를 느끼고 백리운이 실소를 흘렸다. 그러고는 천천히 손을 들었다.

그에 북쪽 땅의 무인들뿐만 아니라 동쪽 땅의 무인들도 알 수 없는 눈길로 바라봤다.

"뭐 하는 짓이냐!"

북쪽 땅의 무인들 중 누군가 호기 있게 외쳤다. 그리고 그 외침에 대답이라도 하듯 백리운은 들어 올린 손을 크게 휘둘렀다.

"이, 이런!"

"피해!"

그에 북쪽 땅의 무인들이 눈에 띄게 움찔거리며 분주하게 움직였다. 그런데 백리운의 손에서는 아무것도 일어나지 않았다.

"뭐, 뭐지?"

북쪽 땅의 무인들이 미친 듯이 고개를 두리번거렸지만, 아무도 쓰러진 자는 없었다. 대기도 잔잔했고, 어떠한 기파도 일지 않았다.

하지만 그들은 쉽게 경계를 풀지 않았다. 백리운이 등장하면서 수일각도원의 무인들이 모조리 쓰러졌기 때문이다.

"……."

다들 숨을 죽이고 고개만 두리번거리고 있을 때였다.

"흐음."

그것은 동쪽 땅의 무인들도 마찬가지였다.

특히 그중 가장 심오한 경지에 이른 백리자청도 백리운의 손에서 일어난 것을 보지 못했다. 그래서 다들 백리운의 손만 바라보고 있었다.

그런데 그때…….

그그그극!

주변에 있는 건물들의 몸통에 비스듬히 금이 가더니 두 동강이 난 채 미끄러지기 시작했다.

한두 채도 아니고 무려 십여 채의 건물들.

그 많은 건물들이 동시에 두 동강 난 것이다.

쿠구구구구!

갈라진 금을 따라 전각이 미끄러지고 있었다.

그런데 그 미끄러지는 부분이 채 떨어져 나가기도 전에 거미줄 같은 금이 전각 전체를 집어삼켰다.

그리고 그 순간!

콰앙!

귀청을 찢을 듯한 폭음과 함께 그 거대한 전각들이 수천 조각으로 박살 난 채 터져 나갔다.

"으아아악!"

"뭐, 뭐냐!"

얼굴이 새파랗게 질려서 혼비백산하는 북쪽 땅 무인들의 머리 위로 그 수많은 잔해들이 덮쳤다. 그 잔해들의 대부분이 모래알처럼 잘게 부서져 북쪽 땅의 무인들은 뒤집어쓸 수밖에 없었다. 하지만 그것이 문제가 아니었다.

"……."

그 잔해에 뒤덮이고도 북쪽 땅의 무인들은 아무런 소리를 낼 수 없었다. 입만 뻥긋해도 자신들도 저 전각처럼 될 것 같았다. 그것은 동쪽 땅의 무인들도 마찬가지였다.

배분 가릴 것 없이 모두가 놀란 눈을 하고 그 광경을 지켜봤다.

"……."

하지만 정작 백리운은 조용히 돌아섰다. 그러고선 마치 볼일이 끝났다는 듯 아무런 말도 없이 걸음을 옮겼다.

그가 동쪽 땅의 방향으로 뚜벅뚜벅 걸었다. 그러자 멍하니 있던 동쪽 땅의 무인들이 뒤늦게 정신을 차리고 허겁지겁 따라붙었다. 그리고 그들 중 몇몇은 북쪽 땅의 무인들이 신경 쓰였는지 계속 뒤돌아봤다.

하지만 그들은 그 모래알 같은 잔해를 뒤집어쓴 채 그 자리에서 꼼짝도 안 하고 서 있었다.

마치 움직이면 죽기라도 하는 것처럼 그들은 온 힘을 다해 안 움직이려고 애쓰는 것 같았다.

그렇게 북쪽 땅은 차기 회주 경합에서 탈락했다.

* * *

백리운은 동쪽 땅으로 들어오자마자 우당각을 향해 바람처럼 몸을 날렸다. 그리고 그를 따라 염악종도 팔짝 뛰어오르며 똑같은 방향으로 움직였다.

그들이 돌연 쌩하고 사라지자, 동쪽 땅 경계에 있던 제천검원의 검사들과 같이 온 동쪽 땅의 무인들이 어안이 벙벙해져서 그의 뒷모습만 바라봤다.

"허허. 현월교의 소교주를 데리고 뭘 하려는 건지……."

백리자청이 자신의 옆으로 붙으며 묻자, 백리사헌이 덤덤히 웃었다.

"알아서 잘하겠지요. 그런 무공을 감추고 있었는데."

"가주는 몰랐는가?"

"말을 하지 않으니 제가 어찌 알겠습니까?"

그 말에 백리자청의 안색이 어두워졌다.

"소가주는 아직도 오 년 전의 일을 마음에 품고 있는 건가?"

"아무래도 그런 것 같습니다."

"솔직히 터놓는 건 어떤가? 그럼 소가주도 이해해 줄 것 같은 데."

"나중에 말해야겠지요. 지금 같은 상황에서 운이가 그 사실을 듣게 된다면 심적으로 크게 흔들릴 겁니다. 게다가 지금은 저런 무시무시한 힘까지 갖추고 있으니 더더욱 위험한 상황으로 번질지도 모르지요."

백리사헌은 아직 백리운이 그 사실을 알고도 내색하지 않을 뿐이라는 걸 모르고 있었다. 그건 백리자청 역시 마찬가지였다.

"그럴 수도 있겠군. 일단은 이 전쟁이 끝나면 그때 말해도 늦지 않겠어."

그 말에 백리사헌의 눈이 들썩였다.

"이상합니다. 우리가 없을 때, 서쪽 땅이나 남쪽 땅에서 침입하지 않은 듯합니다. 보통 이럴 땐 빈집을 노리기 마련인데."

"그러게, 조용하군."

그때, 제천검원의 검사들과 함께 북쪽 땅의 경계를 지키던 백리후가 그 말을 듣고 슬쩍 끼어들었다.

"아직 소식을 못 들으셨습니까?"

"무슨 소식 말인가?"

백리자청이 모르겠다는 듯 되묻자, 백리후가 남쪽 땅 방향을 가리키며 답했다.

"저길 보십시오."

그에 백리사헌과 백리자청의 고개가 동시에 돌아갔다. 그리고 그들의 눈빛이 똑같이 흔들렸다.

"무슨 일인가?"

"우리가 북쪽 땅을 치고 나서 얼마 지나지 않아 서쪽 땅도 남쪽 땅을 쳤습니다."

"뭐라?"

놀라는 백리자청과 달리 백리사헌은 침착하게 심기를 가다듬었다.

"아무래도 우리가 모르는 운이와 담무백만의 거래가 있었던 듯합니다. 그게 아니라면 이리 동시에 일이 벌어질 수 없지요."

"묘하군."

백리사헌이 잠시 침착하게 남쪽 땅을 둘러봤다.

"한창 격전이 벌어지고 있는 듯합니다."

멀어서 소리는 들리지 않아도 대충 그 분위기는 파악할 수 있었다.

그래서일까? 남쪽 땅에서 불어오는 바람에 왠지 비릿한 피 냄새가 실린 듯했다.

"우리는 빨리 끝난 거였군."

"가장 큰 걸림돌이었던 현월교가 나타나지 않았으니……."

"반쪽짜리 전쟁을 치른 것 같군. 북쪽 땅을 상대하면서 현월교의 무인들과 붙지 않으니."

백리사헌이 고개를 끄덕이며 숨을 크게 들이마셨다.

"저쪽은 꽤나 오래 걸릴 듯하군요."

그 말에 백리자청이 동의하는 듯 조용히 고개를 끄덕였다.

그런 그들의 눈에 폭삭 가라앉는 남쪽 땅의 건물이 들어왔다.

*　　*　　*

염악종과 함께 우당각에 도착한 백리운은 그 앞을 지키고 있는 곽가량을 향해 한마디 내뱉고는 안으로 훅 들어갔다.

"아무도 들이지 마라."

곽가량이 절도 있게 고개를 숙이며 우당각의 문을 자신의 몸으로 가렸다.

백리운은 우당각에 들어오자마자 나시우를 땅바닥에 내쳤다. 나시우는 아무렇게나 늘어지며 꿈쩍도 안 했다. 여전히 기절해 있는 듯했다. 그에 염악종이 그를 내려다보며 물었다.

"얘, 어쩌려고 데려왔냐?"

"어쩌긴, 부하로 써먹어야지."

"북쪽 땅의 대표가 전쟁에서 패했다고 순순히 부하가 될 것 같진 않은데?"

"북쪽 땅의 대표 이전에 현월단의 후인이다. 그럼 태제인 나를 보고 머리를 조아려야지."

염악종이 불안한 표정을 하고선 고개를 갸웃거렸다.

"쉽게 될 것 같진 않은데."

"네놈도 시종으로 길렀는데, 이놈 하나 못 다룰까?"

"흥! 그거야 독양고 때문이지. 아! 그래서 얘한테도 독양고를 쓰겠다고?"

"사사천구의 대표쯤 되면 독양고가 몸속으로 들어온 순간 태워 버릴 거다."

"그럼 어쩌려고?"

백리운이 그 주변에 있는 의자에 털썩 앉으며 의기양양한 미소를 지었다.

"북쪽 땅의 생리에 따라 힘으로 눌러 줘야지."

"쯧쯧쯧. 잘해 봐라."

염악종이 귀찮다는 듯이 고개를 저으며 우당각 안쪽으로 들어갔다. 그리고 그가 들어가자마자 안쪽에서 담가은이 긴 머리카락을 찰랑거리며 폴짝 뛰어왔다.

"어디 갔다 왔어?"

그녀가 눈을 초롱초롱 빛내며 백리운을 빤히 바라봤다.

"어디 갔다 왔냐니까."

"북쪽 땅."

"북쪽 땅엔 뭐 하러?"

"볼일이 있어서."

"무슨 볼일?"

고개를 갸우뚱거리던 담가은이 문득 발에 치이는 나시우를 내려다보았다.

"얘는 누구야?"

"북쪽 땅의 주인."

그 말에 백리운이 앉아 있는 의자 뒤에서 가까이 오지 못하고 서성이기만 하던 나설란이 앞으로 쪼르르 뛰어나왔다.

"오라버니!"

그녀가 나시우의 곁에 앉으며 그를 걱정하는 눈길로 내려다봤다.

그런데 그 모습이 백리운에게는 편치 않게 다가왔다.

그래서 그런 걸까? 백리운은 괜한 헛기침을 하며 애써 고개를 돌렸다.

"심맥이 흔들려서 잠시 기절해 있는 것일 뿐, 다친 곳은 없다."

하지만 걱정하지 말라는 말이 참으로 입에서 나오지 않았다.

"아, 아버님은······."

"현월교에 있다. 그 역시 죽지 않았으니······."

그제야 촉촉이 젖어들던 그녀의 눈망울이 진정되었다.

"오라버니를 어쩌실 생각이에요?"

"그건 네가 상관할 바가 아니다."

그녀가 나시우의 옷자락을 꾹 쥐며 말했다.

"죽일 건가요?"

"죽일 생각이었으면 그 자리에서 공개 처형을 하는 게 더 이 득이다."

그 섬뜩한 말에 나설란의 눈빛이 크게 흔들렸다. 그리고 그 눈빛을 본 백리운은 아차 싶어 재빨리 말을 덧붙였다.

"내 말은 그런 뜻이 아니라, 죽일 생각이었으면 차라리 데려오지 않았을 거라는 뜻이다."

"……."

그녀는 말없이 나시우만 내려다보고 있었다. 그런데 그 모습이 왜 이리 신경 쓰이는지 모르겠다.

'제길!'

속으로 욕지거리를 내뱉었다.

그때, 담가은이 쪼르르 다가와 바짝 붙어 앉더니 백리운을 향해 손을 뻗었다.

"괜찮아. 쟤 멀쩡히 숨 쉬고 있어. 다친 곳도 없어."

"그래? 다행이네."

나설란이 쌀쌀맞게 말하자 담가은이 고개를 갸웃거렸다.

"쟤 많이 걱정했던 거 아니야?"

그 말을 들은 백리운의 눈빛이 흔들렸다.

'나를 걱정했다고?'

하지만 나설란은 이번에도 고개를 돌리지 않고 나시우만 바라봤다.

"아니, 안 했어."

"했잖아. 크게 다치면 안 된다고……."

"안 했어!"

나설란이 자리에서 벌떡 일어나, 빠른 걸음으로 백리운을 스쳐 지나갔다.

"……."

그녀가 가자 백리운이 심각하게 표정을 굳혔다. 그러자 담가은이 다가와 얼굴을 빼꼼 내밀었다.

"왜 그래?"

백리운은 잠시 그녀의 얼굴을 빤히 쳐다봤다.

"너는 담대천이 밉지도 않나?"

"왜?"

"너를 그렇게 만들었잖아."

그녀가 고개를 갸우뚱거렸다.

"그렇게 만든 게 뭔데?"

"평생 어른이 되지 못하잖아."

"아니야. 나 어른처럼 커!"

그 말에 백리운이 작게 한숨을 쉬고는 옅은 미소를 그렸다.

"저 탑에 너를 원래대로 되돌릴 수 있는 방법이 있으면 좋으련만."

"무슨 소리야?"

"아니다. 가 봐라. 여기서 잠시 할 일이 있으니."

담가은은 모르겠다는 듯이 고개를 갸웃거리며 나설란이 향한 곳으로 움직였다.

그녀까지 방 안으로 들어가자, 지붕 위에서 두 사람이 뚝 떨어져 내렸다.

한 사람은 종무도였고, 다른 한 사람은 이비였다.

그중 종무도는 곧장 읍을 해 보이며 밝은 얼굴로 입을 열었다.

"승리를 감축드리옵니다."

"축하드려요."

이비까지 덩달아 말하자, 백리운이 한 차례 고개를 끄덕였다.

"비와 연관된 놈들은 다 처리했겠지?"

"예, 한 명도 빠짐없이 모두 처리했습니다."

그 말에 백리운의 시선이 이비에게로 향했다.

"보통, 이런 경우에 일비가 어찌 움직이지?"

"저도 잘 모르겠네요. 이런 일은 처음이라……."

"그래도 사사천구 전역에서 전쟁이 일어나면 일비의 손길도 뻗치지 않겠지."

"확실한 것은 전에도 얘기했듯이 일비도 혼란을 원한다는 점이에요. 자신들이 백우회의 회주를 처리할 수 있게끔 말이에요."

"그랬지. 그래야 사사천구의 방해를 받지 않고 회주를 죽일 수 있으니."

"회주를 보호하고 있는 백우십성단만으로도 꽤 힘들 텐데, 사사천구까지 끼어든다면 이길 확률이 희박해지죠. 아무리 그들이라지만……."

백리운이 고개를 삐딱하게 꺾었다.

"동쪽과 북쪽에 이어 서쪽과 남쪽도 전쟁에 들어갔다. 그럼 곧 움직이겠군."

"하지만 지금쯤이면 북쪽과 동쪽 땅의 전쟁이 끝났다는 소식을 들었을 거예요. 그리고 남쪽 땅에서 서쪽 땅을 쳐들어간 걸 보고 필시 서쪽과 동쪽 땅이 손을 잡았다는 것쯤은 쉽게 알아차릴 거예요."

"그럼 지금 움직이지 않고, 나중에 우리가 서쪽 땅에 쳐들어갈 때까지 기다리겠군?"

"그럴 가능성이 크죠."

고개를 끄덕이던 백리운이 돌연 나시우를 흘기더니 피식 웃었다.

"언제까지 누워 있을 생각이지?"

"……."

그 말에 꼼짝없이 누워 있던 나시우가 눈을 뜨고 천천히 몸을 일으켰다.

종무도와 이비는 놀란 듯 눈썹을 파르르 떨었다. 그들이 그럴 수밖에 없는 것이, 나시우는 미중유의 거력을 얻으면서 그들과는 차원이 다른 고수로 탈바꿈되었기 때문에 그의 기척을 파악할 수 없었던 것이다. 설령 예전에 나시우를 쫓아냈던 종무도라도 말이다.

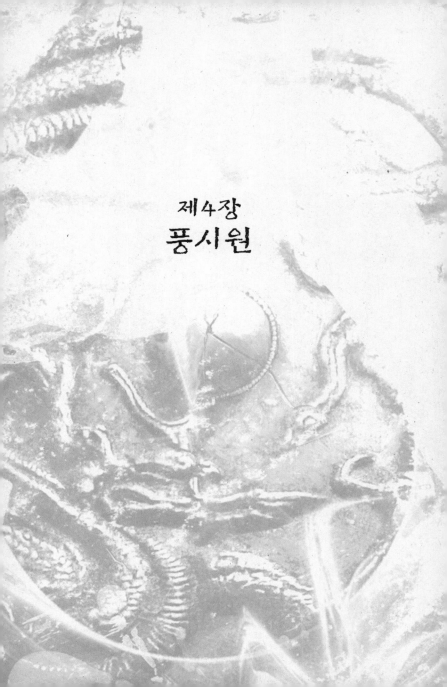

제4장
풍시원

멀쩡히 일어선 나시우의 기세는 기절해 있던 사람답지 않게 활기찼다. 언제라도 출수할 수 있어 보였다.

그리고 그 기세에 위협당한 종무도는 재빨리 몸을 낮추며 검을 뽑아 들었다.

차앙!

그런 그를 보는 나시우의 표정이 묘하게 변했다.

"네놈, 내가 예전에 이곳에 왔을 때 숨어서 칼질하던 놈이군."

"……."

종무도 역시 그를 알아봤지만, 전보다 달라진 기세에 놀랄 뿐 굳이 내색하진 않았다.

반면, 이비도 크게 놀라 눈을 휘둥그레 뜨고 나시우를 바라 봤다.

보통 사사천구의 대표들은 자신들과 힘이 얼추 비슷하다. 그런데 눈앞의 나시우는 자신이 가늠조차 할 수 없는 지고한 경지였다.

'도대체 무슨 일이 있던 거지?'

이전과는 달라진 기세.

이비를 충분히 놀라게 할 만했다.

"포로면 포로답게 있도록."

그때, 문득 날아든 백리운의 목소리에 나시우의 고개가 홱 돌아갔다.

"포로?"

"북쪽 땅은 패했다. 그리고 네놈은 여기 잡혀 있지."

나시우는 주먹을 꾹 쥐고 온몸을 부들부들 떨었다. 하지만 머릿속에서 번쩍이듯 지나가는 기억들 때문에 쉽게 움직일 수 없었다.

'그랬지…….'

그제야 기억이 났다. 자신이 기절하기 전에 어떤 상황이었는지 말이다.

"……."

나시우의 기세가 빠른 속도로 움츠러들었다.

그걸 보고 있던 백리운이 종무도와 이비에게 조용히 시선을 보냈다.

끄덕.

그 눈빛을 알아들은 종무도와 이비가 고개를 움직이며 그곳에서 물러났다.

그들이 물러나자마자 나시우가 입을 열었다.

"정녕 네놈이 묵천마교의 태제인가?"

"네놈? 아직도 정신을 못 차렸군."

백리운이 손끝을 곧게 뻗자, 휘황찬란한 광채가 아른거렸다. 나타났다가 곧바로 사라졌으나, 그 잠깐만으로도 어마어마한 기운을 흘렸다.

쿠웅!

나시우의 무릎이 풀썩 꺾이며 땅바닥에 닿았다.

"끄으으으!"

그 광채가 흘리고 간 기운이 그를 관통하고 있었다. 온몸이 산산조각 난 채 부서져 내릴 것 같았다. 그만큼 상상을 초월하는 압력이었다.

짧게 그의 몸을 관통하고 지나갔지만 그가 느낀 시간은 절대로 짧지 않았다.

"크하!"

나시우가 온몸을 축 늘어뜨리며 숨넘어갈 것처럼 헐떡거렸다.

그런 그를 보며 백리운이 뚜벅뚜벅 다가왔다.

"나는 네놈의 주인이다. 내 앞에서 말부터 조심하도록."

"미친놈……."

야생의 짐승처럼 눈을 부라리는 걸 보고 백리운이 씩 웃었다.

"현월단의 진전을 이어받았으면 곱게 머리를 숙여야지. 현월도법의 구결이 적혀 있는 서적에 그건 안 적혀 있나?"

"……."

물론, 적혀 있었다. 현월도법을 익히면 현월단의 단주로서 묵천마교의 태제를 따르라고.

하지만 그것은 천 년 전의 일이다.

지금에 와서 그런 허무맹랑한 말을 따르라는 것은 황당하다 못해 어이가 없었다.

그런데 눈앞에 이리 나타날 줄이야.

"네놈이 태제라는 걸 믿으란 말이냐?"

"직접 겪어 보고도 모르겠나?"

그 말에도 나시우의 눈빛에서 살기가 쏟아져 나왔다.

"나를 누른 힘이 꼭 묵천마교의 것이라는 보장은 없지."

"보여 주지."

백리운이 검지를 세워 앞으로 내밀었다. 그러고는 그 검지를 세차게 흔들었는데, 일직선으로 빳빳이 선 손톱만 한 강기가 쏟아져 나와 허공에 떠돌았다.

그때, 백리운이 세운 검지를 둥그렇게 움직여 그 모든 강기를 초승달처럼 구부려 놓았다. 그러자 만천하에 초승달이 떠올랐다.

현월도법의 일 초식, 현월진천이었다.

다만 나시우가 펼쳤던 것과 다른 점은, 그 색이 파랗지 않고 오색찬란했다는 것이다.

"……!"

나시우가 눈을 부릅뜨고 목을 빳빳이 세운 채 그 광경을 지켜봤다.

스윽, 꾹!

백리운의 검지가 일직선으로 허공을 내리긋자, 세로로 선 수많은 초승달이 쏟아져 나와 수레바퀴처럼 허공을 굴러갔다.

파파파팟!

그리고 코앞에 도달한 순간 신기루처럼 사라졌다. 그와 동시에 백리운의 검지가 허공을 일도양단의 기세로 갈랐다.

후욱!

허공에 초승달 한 점 남기고 뚝 떨어진 검지에서 눈부신 빛 덩어리가 불똥처럼 튀었다. 현월도법의 마지막 초식, 현월도극의 모습과 똑같았다.

"마, 말도 안 되는……."

나시우는 온몸을 부르르 떨 만큼 놀라고 있었다.

"이, 이건 묵천마교의 태제라도 불가능한 일이다."

"나는 이미 현월도법을 알고 있었다. 그래서 북쪽 땅을 손에 넣는다면 어차피 네놈에게 물려줄 생각이었지."

"뭐라? 나보고 그 소리를 믿으라는 건가?"

그 말에 백리운이 이해가 안 된다는 듯이 고개를 절레절레 흔들었다.

"이상하군. 북쪽 땅의 규율은 강한 자가 위에 오르는 것인 줄 알았는데."

"그렇다."

"그럼 내 앞에 머리를 숙여야지."

"……."

"패자면 패자답게 굴어라. 괜한 자존심 세우지 말고. 그것이 너희 북쪽 땅 사람들이 내세우는 것 아닌가?"

백리운이 휙 돌아서 우당각 중심에 있는 의자에 다가가 앉았다. 그러고는 고개를 반쯤 숙이며 낮은 지대에 서 있는 나시우를 차분히 노려봤다.

"아직도 자세가 뻣뻣하군."

그 말을 들은 나시우는 항거할 수 없는 묘한 기운이 온몸을 옥죄는 것 같은 느낌을 받았다. 그리고 이전에 그랬던 것처럼 몸 안을 돌고 있는 미중유의 거력이 잔뜩 움츠러들었다.

"……."

그는 말없이 눈을 감더니 천천히 머리를 숙였다.

쿵.

그의 이마가 땅바닥에 닿자 땅바닥이 울렸다. 하지만 그는
그 자세 그대로 꿈쩍도 하지 않고 입을 열었다.

"현월교의 소교주로서, 그리고 북쪽 땅의 대표로서 패배를
인정하는 바, 북쪽 땅은 더 이상 차기 회주 경합에 참석하지 않
겠다."

백리운이 씩 웃었다.

"진심으로 하는 소린가?"

그 말에 나시우가 머리를 들고 당당히 어깨를 폈다.

"소가주의 말이 맞다. 나는 철저히 북쪽 땅의 규율에 따라 살
아왔고, 북쪽 땅의 모든 무인들을 내 발아래 두었다. 오직 강하
다는 이유로 말이다."

"그리고 형제들도 죽였지."

"맞다. 그것이 북쪽 땅의 규율이다. 그러니 내가 그것을 지키
지 않는 것은……."

나시우가 부르르 떨리는 입술로 힘겹게 말을 이어 나갔다.

"정당한 일이 아니라고 생각한다."

"충성을 맹세하겠다는 소리로 들리는군."

"하지만 소가주를 묵천마교의 태제로서 여긴다는 것은 아니
다."

"그럼?"

"북쪽 땅의 대표로서, 그리고 차기 회주 경합에서 탈락한 자로서 소가주를 따르겠다는 것이다."

백리운이 어깨를 으쓱했다.

"어느 쪽이든 상관없겠지. 말만 잘 듣는다면……."

"참으로 웃기군. 일전에는 백리극에게 패하더니, 이제는 백리극의 아우인 소가주에게 패하고……."

"백리극하고 맞붙은 적이 있나?"

"우리는 수없이 맞붙었다. 나뿐만 아니라 고무진과 담무백 역시 마찬가지다. 지금처럼 무릎을 꿇지만 않았을 뿐, 이미 차기 회주 경합은 결정된 것이나 마찬가지였다."

"그래서 나만 보면 그리 이를 바득바득 갈았군."

"백리극이 죽으면서 백리세가는 끝이라 생각했다. 그런데 소가주 같은 자가 나타날 줄이야……."

그때, 백리운이 손을 들어 그의 말을 끊었다.

"잠깐!"

"왜 그러지?"

"패배를 인정하면서 말은 계속 놓겠다는 건가?"

"네가, 아니 소가주가 정식으로 회주에 오른다면 말투 역시 달라질 것이다."

"참 이상한 항복이군."

"이상한 게 아니라 당연한 것이지."

"좋을 대로 하도록."

그에 잠시 머뭇거린 나시우가 눈치를 보며 슬며시 물었다.

"근데 아까 그 두 사람은 누구지?"

백리운이 피식 웃었다.

"그중 한 사람은 일전에 만난 적이 있다고?"

"그렇다. 네가 없을 때 이곳에 왔었지. 그리고 그 때문에 설란이를 데려가지 못했다."

"누군지 궁금하나?"

"그렇다. 그런 움직임은 난생처음 봤다. 지금은 모를까, 그때는 나로서도 우세를 잡기 힘들더군."

"반대로 생각하도록. 아까 그를 상대로 그 정도 버텼다는 사실이 알려지기만 해도, 네놈은 꽤나 명성을 얻을 것이다."

나시우의 눈초리가 바짝 섰다.

"그가 누군데 그런 소리를 하는 거지?"

"사령신문의 장문인."

"……!"

나시우는 자신도 모르게 입을 쩍 벌렸다가 이내 침을 꿀꺽 삼키며 믿을 수 없다는 듯이 말했다.

"소가주가 지금 한 말은 무림의 공적이 되도 이상할 것 없는 말이다."

"그래? 그럼 사령신문이 현월단처럼 묵천마교의 계파였다는 걸 알면 더 놀라겠군."

나시우의 눈빛이 미친 듯이 흔들렸다.

"도대체 무슨 소리를 하는 것이냐?"

"사령신문 역시 현월교랑 똑같다는 것이다."

"그런 말도 안 되는……."

백리운이 입꼬리를 쭉 올렸다.

"사령신문과 현월교는 한배를 탄 거나 마찬가지지."

"허튼소리! 본교를 저런 살수들과 엮지 마라!"

"뭘 그리 내외하지? 그래 봤자 한뿌리에서 나온 문파이건만."

"설마 저들 말고도 또 있는 건가?"

"……."

백리운이 말없이 고개를 끄덕이며 검지를 거꾸로 세워 땅을 가리켰다. 그러자 나시우의 눈이 찢어질 것처럼 급격히 커졌다.

"백리세가를 말함이더냐?"

백리운이 고개를 끄덕이자, 나시우가 불같은 목소리를 내뱉었다.

"설마 백리극도 묵천마교의 태제였던가?"

"아니, 태제는 나 하나뿐이다. 백리극은 그저 백리세가의 사람이었을 뿐."

"그걸 다행이라 여겨야 할지 모르겠군."

"현월교, 사령신문, 그리고 본가까지… 그 모든 게 묵천마교에서 나온 문파이다."

나시우가 어이없다는 듯 실소를 흘렸다.

"백아사천 중 두 곳과 전설 속의 살수 문파가 하나였다고? 그것도 묵천마교를 근간으로?"

"이 사실이 새어 나가면 사령신문이 겪었던 일과는 비교도 할 수 없을 만큼, 너나 나나 무림공적으로 찍히겠지."

금세 자신까지 하나로 엮어 놓는 그 말을 듣고 나시우가 착잡한 한숨을 내쉬었다.

"차라리 몰랐으면……."

"선조를 부정하는 건가?"

그 말에 나시우가 잠시 눈을 감았다가 뜨며 뜸을 들였다.

"이 사실을 누구누구 알고 있는 거지?"

"걱정하지 않아도 된다. 새어 나갈 구멍은 없으니."

"백리세가의 사람들은 다 알고 있는 건가?"

"백리세가에선 나만 알고 있다. 그리고 현월교에서도 너만 알고 있지. 사령신문은 예외적으로 제자들까지 알고 있다고는 하나, 그 수가 겨우 셋이다."

"크게 걱정할 필요는 없겠군."

백리운이 피식 웃었다.

"그리 걱정할 필요 없다. 어차피 내가 회주에 오르면, 모든 게 해결될 일."

이번에도 나시우가 눈치를 보다 말했다.

"아까 깨어나면서 들었다. 너도 비를 알고 있는 것이냐?"

"그런 셈이지. 그러는 너도 알고 있었나 보군."

"얼추 그들의 존재에 대해선 알고 있었지. 아마 백아사천의 대표들이라면, 누구나 그들의 존재쯤은 알고 있을 것이다."

백리운이 속으로 수긍했다.

'회주와 똑같은 말을 하는군.'

그 역시 우당각에 왔을 때, 백아사천의 대표들이 비들의 존재를 알고 있을 거라 말했다.

"만나 본 적은 있나?"

"없다. 다만, 그들이 북쪽 땅에 숨어 다니면서, 무슨 꿍꿍이를 꾀하고 있다는 것 정도는 알고 있었다."

"그런데 그걸 그냥 놔둔 건가?"

"조금의 자취도 남기지 않을 만큼 은밀하더군."

"하긴……."

나시우가 다시 조심스럽게 물었다.

"그런데 그놈들이 회주를 죽이려고 하는 건가?"

"기절한 척하면서 다 들었군!"

"들으라고 놔둔 것 아니었나? 너였다면 내가 깨자마자 알아챘을 텐데."

"그런 마음도 없잖아 있었지."

"왜지? 나를 시험해 본 건가?"

백리운이 대충 고개를 끄덕였다.

"반쯤은 그런 마음도 있었고."

"나는 현월교의 소교주다. 그런 놈들의 꾐에 넘어가지 않는다."

"고웅천은 이미 그들과 손을 잡았다."

"혈제를 말함이더냐? 우원보의 보주인?"

"그래. 그놈은 저 탑에 오르기 위해서 그놈들과 손을 잡았다."

"그 탑은 오직 회주만이 오르는 것 아닌가?"

거기까지 말한 나시우가 무릎을 탁 치며 말을 이어 나갔다.

"그래서 비들이 회주를 죽이려는 것이군! 그리고 고웅천은 그 탑에 오르기 위해 그런 비들과 손을 잡은 것이고."

"잘 유추해 냈다."

"한데 그놈들이 저 탑에 올라서 뭐 하려고 그러지?"

"백우회를 자신의 발아래 두려고 하더군. 비들 중 한 명이 말이야."

나시우의 눈빛이 흥미롭다는 듯 반짝 빛났다.

"차기 회주 경합은 사사천구의 대표들만이 치르는 것이 아니었나 보군."

"원래 보이는 곳보다 보이지 않는 곳이 더 치열한 법이지."

나시우가 한숨을 내쉬었다. 그러자 그의 어깨가 축 처졌다.

"허탈하군."

"북쪽 땅으로 돌아가 북쪽 땅의 무인들을 추스르고 있어라."

"왜? 부려 먹으려고?"

"그래야지."

"내 몸 안에 있는 이 빌어먹을 힘 때문에 소가주의 말을 안 들을 수도 없군."

"언제는 규율에 따라 나에게 항복한다더니. 그리고 빌어먹을 힘이라니? 이제는 그 힘이 싫은가?"

"모르겠다, 이젠."

백리운이 그의 얼굴을 슬쩍 흘겼다.

"지쳐 보이는군."

"사형들을 죽이고 이 자리까지 올라왔다. 그리고 이 자리에서 도전해 오는 놈들을 끝없이 해치웠지. 상황이 이런데 지치지 않을 이유가 없지."

"모두 죽인 건가?"

"죽이지 않으면 끝을 모르고 덤비더군. 난 그걸 너무 어릴 때 알았어. 그리고 그때, 사형제들이 더 이상 내 편이 아니란 것도 알았지."

"북쪽 땅의 대표를 노리는 사람이라면 누구나 겪는 일이지."

나시우가 처음으로 피식 웃었다.

"북쪽 땅만 그럴 것 같나?"

"적어도 백리세가에선 그런 일이 일어나지 않는다."

"나는 백리세가를 말하는 게 아니다. 백우회의 회주 자리를 말하는 거지. 그 자리에 앉으면, 금방 사사천구를 휘어잡을 것 같나?"

"할 것 같은데?"

나시우가 고개를 저었다.

"그건 누구라도 불가능이다. 생각해 봐라, 나나 다른 대표들이 어떻게 비들의 존재를 눈치챘을 것 같나?"

"글쎄."

"우리들은 사사천구의 한 곳을 오랫동안 다스려 왔다. 그러면서 한 가지 사실을 깨달은 거지. 한 곳만으로도 이리 힘든데, 서로 각을 세우는 네 곳을 다스리는 것은 불가능에 가깝지 않을까? 그런데 신기하게도 백우회의 오랜 역사 속에 회주를 향해 반기를 드는 자는 없더군. 아니, 더 나아가 말하면, 회주의 뜻에 반하거나 질서를 어기는 자들이 없었어."

"그래서 눈치챘군. 누군가 회주를 도우고 있다고."

"그렇지. 보이지 않는 곳에서 누군가 이 질서를 유지시키고 있구나. 그것이 비들의 존재를 알아채게 해 준 강력한 이유였다."

백리운이 그를 빤히 바라보다가 물었다.

"그래서 하고 싶은 말이 뭐지?"

"이제는 네가 그 모든 걸 겪는다는 것이지. 이전까지 동쪽 땅은 다른 곳보다 한 단계 낮은 취급을 받아 왔다면, 우리 북쪽 땅을 이긴 걸 계기로 이제 너는 완전히 나의 세계로 발을 디딘 것이나 마찬가지다."

"그럼 넌 좀 편해지겠군."

나시우가 고개를 저으며 일어섰다.

"지금 그 표정을 보니 별로 그럴 것 같진 않군."

"걱정 마라. 적당히 부려 먹을 테니."

"흥!"

나시우가 휙 몸을 돌리자, 백리운이 고개를 들며 물었다.

"나설란도 안 보고 그냥 가려고?"

"자기가 원해서 여기 남겠다고 했다. 그런 상황에서 나를 본다고 반가워하진 않을 것 같군."

"그래도 보고 가지."

백리운은 마음속에서 계속 걸리는 것이 있어 재차 물었지만, 나시우는 뒤도 돌아보지 않고 문으로 향했다.

"됐다. 가서 뒷정리나 하고 있어야지. 언제 움직일지 모르는데."

"흠."

백리운이 곤란하다는 듯 이마를 쓰다듬었다.

"또 나를 싫어하려나?"

* * *

아침이 되자, 동쪽 땅의 기습 소식이 남쪽 땅 전체에 퍼졌다.

지금 같은 상황에서 먼저 움직이는 것은 화를 자초하는 일.

그것은 빈집이 털리고, 사사천구의 다른 편에게 앞뒤로 둘러싸이는 치명적인 결과를 초래할 수도 있었다.

그래서 다들 그 소식을 듣고 동쪽 땅이 잘못 움직인 거라 생각했다.

그건 혈번성에 기거하는 고웅천도 마찬가지였다.

그는 혈제라는 별호에 어울리게 가만히 창밖을 바라보기만 해도 눈이 섬뜩하게 빛나는 듯했다.

"이상하군. 내가 본 백리운은 그리 함부로 움직이는 자가 아니었는데."

그는 일전에 혈루의 살수를 자신의 침상 위에 걸어 놓은 백리운을 떠올렸다. 비록 그때의 만남은 짧았다지만, 그것만으로도 그가 만만치 않은 상대라는 걸 알았다.

무엇보다 자신을 죽이려고 살수를 보냈음에도 신중히 물러나지 않았나?

자신이 판단한 백리운은 감정에 치우칠 인물이 아니었다. 그런 그가 움직였다는 것은 무언가 더 있다는 것일지도 모른다고 생각했다.

그가 가만히 머리를 굴리고 있을 때였다.

"보주님, 포대익입니다. 들어가도 되겠습니까?"

"들어와라."

문을 열고 포대익이 거대한 몸집을 안으로 밀어 넣었다. 그리고 그는 헐레벌떡 거리를 좁혀 오며 다급히 입을 열었다.

"아이고, 원주님, 그 소식 들었습니까? 사대요단이 북쪽 땅에 쳐들어갔다고 합니다. 지금 동쪽 땅을 지키는 자들은 제천검원 뿐이라고 합니다."

"사대요단이? 그럼 백랑사단은?"

"이미 그 전에 넘어간 듯합니다. 그리고 사대요단과 더불어 백리세가의 사람들도 같이 갔습니다. 가주인 백리사헌도 있었고, 대백인 백리자청도 있었다고 합니다."

그 말에 고웅천이 급격히 눈초리를 찢었다.

"진정으로 쳐들어갔단 말인가? 나는 백리운이 북쪽 땅과 손을 잡고 우리가 쳐들어오도록 술수를 꾸민 건 줄 알았는데."

"지금 북쪽 땅의 상황으로 봐서는 그럴 가능성이 전혀 없습니다."

"결국 백리운도 젊은 혈기에 취해 움직이는 애송이에 불과했단 말인가?"

"어쩌실 생각입니까?"

"일단은 북쪽 땅을 더 지켜보아라. 그리고 어느 쪽이 이기는지 상세히 보고하고."

포대익이 고개를 숙였다가 다시 일으켰다.

"개개인으로 따지면 모를까, 저런 대규모의 전쟁이라면 북쪽 땅이 여지없이 이길 겁니다. 어쩌면 동쪽 땅도 그걸 알고, 기습으로 우위를 점해 보고자 쳐들어간 걸 수도 있습니다."

"그럴지도 모르지."

"상황을 지켜보는 것보다 그 전에 한시라도 빨리 움직이는 것이 낫지 않겠습니까?"

고웅천이 창밖을 바라본 채 고개를 저었다.

"이건 단순한 문파끼리의 싸움이 아니라, 사사천구의 지역끼리 붙는 전쟁이다. 그런 전쟁이 한두 시진 안에 끝난 적이 있던가? 최소 며칠은 갈 것이다."

"제가 염려하는 것은 서쪽 땅이 먼저 동쪽 땅의 빈집을 터는 것입니다."

"서쪽 땅에서 동쪽 땅으로 가려면, 저 순연의 땅을 가로질러야지. 그리고 아직 제천검원의 검사들이 동쪽 땅에 남아 있지 않나? 우리가 한발 늦게 움직여도 충분히 따라잡을 여건이 되네."

포대익이 잠시 고민하더니 이내 읍을 해 보였다.

"알겠습니다. 지금 즉시……."

그때였다.

콰앙!

혈번성이 크게 흔들리며, 저 밖에서 요란한 폭음이 터졌다. 그에 고웅천이 미간을 찌푸리며 뒤돌아 물었다.

"뭐지? 무슨 일인 것이냐?"

같이 방 안에 있던 포대익도 무슨 일인지 알 수 없어 재빨리 밖으로 뛰쳐나갔다. 그리고 이내 다시 안으로 허겁지겁 들어왔다.

"보, 보주님, 서쪽 땅에서 쳐들어왔습니다!"

"뭣이라? 서쪽 땅에서?"

"예. 대해문이 선봉에 선 걸로 보아, 작정하고 온 듯합니다."

그 말에 고웅천이 창밖으로 고개를 휙 돌렸다. 평소라면 순연의 땅에서 올곧게 솟아 있는 탑이 눈에 들어왔어야 하지만, 지금은 저 멀리 희미하게 북쪽 땅이 보였다.

"담무백, 이놈이 백리운과 한통속이었어. 그래서 백리운이 마음 놓고 북쪽 땅을 쳐들어갔던 게야."

그제야 의문이 풀렸다.

"어찌할까요?"

"지금 같은 상황에서 대해문이 직접 움직였다면, 단단히 마음먹고 왔을 터. 저쪽은 신경 쓰지 말고 서쪽 땅에서 쳐들어온 것들이나 막아라."

그 말을 듣는 순간 포대익이 곧장 몸을 날려 쌩하고 나갔다. 상황이 상황이니만큼 최대한 빠르게 움직인 것이리라.

"이놈들이……."

고웅천은 두 주먹을 꾹 쥐고 혈번성 밖으로 걸음을 옮겼다.

파파파파팟!

허공을 가득 메운 불화살이 남쪽 땅의 건물들을 향해 쏟아졌다.

그 때문에 사방에서 불길이 치솟았고, 매캐한 연기가 안개처럼 남쪽 땅에 퍼지기 시작했다.

피웃!

그 매캐한 연기를 뚫고 날아온 화살이 그곳으로 달려가던 남쪽 땅의 한 무인의 머리에 꽂혔다.

하늘로 피어오른 연기 때문에 미처 그 화살을 보지 못한 탓이다.

문제는 그뿐만이 아니라, 쉴 새 없이 날아드는 벼락같은 화살 공격에 남쪽 땅의 무인들이 쉽게 접근하지 못했다.

쐐애애액!

또다시 날아드는 화살!

보통의 다른 화살보다 두껍고 길어서 훨씬 위력적이었다.

파앗!

그 화살에 맞은 자들은 화살을 따라 몸도 같이 뒤로 딸려갔다.

그만큼 엄청난 힘이 화살에 실려 있었다.

오죽하면 화살이 한 번 날아올 때마다 허공을 찢는 듯한 소리가 들렸겠는가?

이런 강궁술(强弓術)을 펼치는 곳은 서쪽 땅에서 오직 한 곳뿐이었다.

백도칠원 중 하나인 풍시원(風矢園).

그들이 쏘아 낸 화살비가 또다시 허공을 가득 메웠다. 그리고 이번에도 화살비의 촉에는 어김없이 거친 불길이 치솟고 있었다.

파파파파팟!

무서운 속도로 쇄도하는 불화살의 비.

그런데 남쪽 땅의 건물들 사이에서 그 화살비를 향해 정면으로 몸을 날리는 자가 있었다.

붉은 가사 자락을 펄럭이는 노년의 중.

그는 화살비를 앞두고도 전혀 거리낌 없이 손바닥을 쳐들었다. 그러자 허공을 밀어치는 강대한 장력 줄기가 쭉 뿜어져 나오더니, 그 화살비를 강력하게 쳐 냈다.

콰앙!

기파가 터지며, 그 수많은 불화살들이 벽에 막힌 것처럼 왔던 방향으로 튕겨져 나갔다.

반면, 화살비를 쳐 낸 노년의 중은 땅으로 착지하자마자 허공을 쳐 대기 시작했다.

후우웅!

허공을 격하니, 대기가 밀려들고 그것은 곧 바람이 되어 사방으로 뻗어 갔다. 그리고 길가에서 거칠게 타오르고 있는 불길을 모두 잠재웠다.

비록 건물을 야금야금 집어삼키는 불길까진 처리하지 못했지만, 그래도 길을 막고 있는 불의 벽은 치웠다. 그러자 기다렸다는 듯 남쪽 땅의 무인들이 장강의 물줄기처럼 여러 골목에서 쏟아져 나왔다.

"우아아아아!"

그리고 그들 사이에서 몸을 띄워 옆에 있는 건물 벽을 밟고 쭉쭉 나아가는 무인들도 있었다. 상대가 풍시원의 고수들이란 걸 짐작하고 화살의 초점을 흩트리기 위함이었다.

그런 그들의 반대편에서 그 광경을 짧은 침음과 함께 지켜보는 이가 있었다.

"흠!"

남쪽 땅의 외곽에서 차분히 그 광경을 노려보는 중년의 사내.

큼지막한 체격에 자기만 한 활을 등에 지고 있었다. 그리고 굵직한 이목구비 때문에 가만히 있음에도 인상이 강직해 보였다.

풍시원의 원주, 마현이었다.

그의 뒤로 이백 명이 넘는 풍시원의 무인들이 벽처럼 일렬로 반듯하게 서 있었지만, 정면에서 쇄도해 오는 남쪽 땅 무인들의 수는 보이는 것만 치더라도 그 세 배를 넘는 듯했다.

그런데도 마현의 얼굴에는 당황하는 기색 하나 없었다.

"일시(一矢)!"

그가 외치자, 백색 장삼을 입고 있는 풍시원의 무인들이 일제히 한쪽 무릎을 꿇으며 시위를 당겼다.

활과 몸은 일직선으로 놓고, 노리는 곳은 정면이다.

그리고 그 시위에 걸린 화살은 작은 창이라 불러도 좋을 정도로 커다랗다.

게다가 그것의 축은 작살처럼 길고 뾰족해서 단번에 바위도 꿰뚫을 것처럼 보였다.

"쏴라!"

마현이 팔짱 낀 그대로 외치자, 그의 양옆으로 즐비한 풍시원의 무인들이 동시에 시위를 놓았다.

쐐애애애애액!

무시무시한 속도로 허공을 꿰뚫는 이백 발의 화살!

그런데 그 방향이 남쪽 땅의 무인들이 아닌 주변 건물들이었다.

콰콰콰쾅!

화살이 꽂히자, 그 거대한 전각들이 속절없이 박살 났다.

사방으로 큼지막한 돌조각들이 떨어져 내리고, 폭삭 가라앉는 전각에서는 잔해들이 해일처럼 쏟아져 나와 길을 뒤덮었다.

잔해들로 꽉 막히고, 위에서는 돌조각들이 듬성듬성 떨어져 길을 막으니 이곳으로 쇄도하던 남쪽 땅의 무인들은 어쩔 수 없이 멈춰 설 수밖에 없었다. 그중에서 날쌘 자들은 잔해를 피해 공중으로 몸을 띄우기도 했다.

하지만 잔해 위로 몸을 띄우는 순간…….

피웃!

기다렸다는 듯 두꺼운 화살이 날아와 그들의 몸을 꿰뚫고 뒤로 날아갔다.

"크헉!"

그들이 있던 자리에는 오직 짧은 비명만 나돌았다.

"허어! 이런 수가 있다니."

아까 불화살의 비를 쳐 낸 노년의 중이 잔해 속으로 뛰어들며 바짝 세운 손바닥을 앞으로 뻗었다. 그러자 그의 손에서 강력한 장력이 일어나 금빛을 머금고 허공을 밀어 쳤다.

흔들림 없이 강맹하고 또 거대하다. 그리고 온 사방에 맑은 금빛을 뿌리면서 섬전처럼 나아갔다.

콰콰콰쾅!

꽉 막힌 잔해를 대번에 뚫고 풍시원의 무인들이 모여 있는 곳을 향해 쭉 나아갔다. 그럼에도 전혀 기세가 줄어들지 않았다.

그걸 바라보는 마현의 눈동자가 사납게 번뜩였다.

"대력금강장? 이제 보니 소림에서도 꽤나 높은 분이셨구려!"

마현이 팽이처럼 몸을 한 바퀴 빙글 돌리며 한쪽 무릎을 꿇고 몸을 낮췄다. 어느새 그의 등에 꽂혀 있던 붉은색 목궁이 그의 손에 들려 있었다.

그의 상반신보다 훨씬 큰 목궁.

그것의 시위를 당기며 화살을 놓고 한쪽 눈을 감았다.

그가 보는 것은 정면으로 빠르게 날아드는 금빛의 장력이다.

파앙!

그가 시위를 놓자, 어마어마한 파공음이 터지며 화살이 쏘아졌다.

한 줄기 섬전처럼 허공을 스치고 나아간 화살이 그 거대한 금빛 장력을 단숨에 꿰뚫었다.

쾅!

그 순간, 화살이 산산조각이 나서 가루처럼 흘러내렸다. 그렇다고 대력금강장이 멀쩡한 것도 아니었다.

그것 또한 허공에서 산산이 흩어지며 기운을 사방에 흩트렸다.

그래서 일시적으로 그곳의 대기가 급하게 요동치는 것이 보였다.

마현이 허공에서 터져 나가는 자신의 화살을 보며 한쪽 눈썹을 쭉 끌어올렸다.

'대력금강장을 뚫고 저 중놈까지 맞히려고 했건만.'

쫘악!

그가 시위를 세게 잡고 끊어질 것처럼 잡아당겼다. 어느새 그 시위에는 또 다른 화살이 메겨져 있었다.

이번에 그가 보고 있는 것은 뻥 뚫린 잔해 속에 홀로 서 있는 노년의 중이었다.

파앙!

이번에도 파공음과 함께 쏘아진 화살이 눈부신 속도로 허공을 꿰뚫고 순식간에 잔해까지 도달했다.

그런데 그 순간, 그 노년의 중 앞으로 남쪽 땅의 무인들이 끼어들었다.

그들은 미처 마현을 보지 못하고 뻥 뚫린 곳을 통해 앞으로 나아가려고 했다.

얼추 세 명의 무인들이 서로 빠져나가고자 하나로 뒤엉켰다.

바로 그때, 그 하나의 화살이 그들의 몸통을 꿰뚫고 뒤로 쏙 빠져나왔다.

"허어, 애꿎은 중생이 대신 맞는구나."

아직 속도와 위력이 살아 있는 화살을 향해 그 노년의 중이 주먹을 휘둘렀다.

쾅!

화살의 촉이 아래로 풀썩 꺾이고, 화살의 몸통이 반으로 부러졌다.

그럼에도 노년의 중이 내지른 주먹은 상처 하나 없이 말끔했다.

그는 오히려 자신의 앞에서 몸통에 둥그런 구멍이 생긴 그 세 무인을 향해 짧은 합장을 해 보였다.

"부디 내세에는 이런 일에 휘말리지 말기를……."

저 멀리서 그 모습을 보는 마현의 눈동자가 커졌다.

합장하는 자세를 보니, 그 노년의 중이 누구인지 알 것 같았다.

"소림의 혜원 대사가 아니신가?"

그의 목소리가 쩌렁쩌렁 울리자, 혜원이 그에게 물었다.

"그대는 어디의 누구요?"

조용하고 힘 있는 목소리. 그러나 저 멀리 떨어진 마현의 귀에 생생히 들렸다.

"풍시원을 이끌고 있는 마현이라고 하오. 이거, 고명하신 혜원 대사를 봐서 영광이외다!"

"아미타불. 마현 시주였구려."

"나를 아시오?"

"적왕궁 마현 시주를 어찌 모르겠소이까?"

적왕궁, 마현이 쓰는 특이한 적색 활 때문에 붙여진 별호이다.

"혜원 대사가 알아봐주시니, 몸 둘 바를 모르겠구려."

"한데 이곳에 혼자 온 것이오? 대해문까지 움직였다는 소리가 들리는 거 보면, 서쪽 땅 전체가 움직인 것 같은데……."

그 말이 끝나기 무섭게 저 위쪽에서 지축을 흔드는 폭음이 울렸다.

콰콰콰쾅!

순식간에 다섯 채의 전각이 폭삭 주저앉으며 엄청난 먼지구름을 일으켰다. 그리고 그 구름은 이곳까지 밀려와 사방을 온통 뿌옇게 만들었다.

그나마 어느 정도 거리가 있고, 먼지구름의 농도가 옅어 시야 확보에는 별문제가 없었다. 그에 마현이 씩 웃었다.

"그 질문에 대답이 된 것 같소만?"

제5장
들키다

"다른 곳도 동시다발적으로 쳐들어온 것이오?"

"그런 셈이오."

"아침에 눈을 뜨자마자 동쪽 땅과 북쪽 땅의 전쟁 소식을 들었소. 그런데 얼마 지나지 않아, 서쪽 땅에서 쳐들어왔소. 무언가 이상하다고 생각하지 않소?"

"글쎄올시다. 우리와 동쪽 땅이 움직인 시간이 기가 막히게 들어맞았다는 것 정도?"

"그리 나오면 할 말이 없구려."

마현이 고개를 좌우로 꺾으며 말했다.

"그런데 소림에선 대사 혼자 온 것이오? 나머지는 다들 어디로 갔소? 그 왜 있잖소, 소림사의 중들로만 채워 넣은 곳 말이오."

"허어, 그들을 노리고 이곳으로 온 것이었소?"

"그게 아니라면, 남쪽 땅에서도 이리 뒤쪽으로 쳐들어올 이유가 있겠소? 그것도 우리 풍시원이 말이오. 설마 우리가 저 뒤에 있는 오합지졸 몇 명 처치하려고 이곳에 왔다고 생각하시오?"

그 말에 가운데가 뻥 뚫린 잔해 더미 뒤에서 온갖 욕지거리가 튀어나왔다.

하지만 마현은 그걸 들은 체도 않고 혼자 씩 웃었다.

"하긴, 혜원 대사께서 이곳에 오셨는데, 불막금원(佛莫金園)이 안 올 리 없지. 안 그렇소?"

그 말에 답이라도 하듯 잔해 더미 뒤에서 수백 명의 중들이 번쩍 튀어 올랐다.

그들은 힘 있고 날쌘 움직임으로 단번에 건물 위에 올라서더니, 순식간에 주변 전각들의 지붕을 가사 자락으로 뒤덮었다.

어깨를 펴고 떡하니 서 있는 모습이 위풍당당 그 자체였다.

그들은 다양한 나이대의 중들이었다.

마치 배분 따위 상관하지 않는다는 듯이 그들은 뒤죽박죽 섞여 있었다.

그들이 지붕 위에 올라서 있으니, 꼭 하늘을 막고 서 있는 듯한 느낌이 들었다.

그만큼 그들의 존재만으로도 상당한 압박감이 형성되었다.

그러나 마현은 자신의 온몸을 찌릿찌릿하게 만드는 그 압박감이 좋았다.

"흐흐흐! 드디어 나타나셨구려!"

마현이 벌떡 일어서며 손에 들린 붉은색 활에 화살을 메겼다.

그리고 시위를 당긴 순간…….

퍼엉!

동심원 같은 둥그런 기파가 퍼지며 화살이 위로 쏘아졌다.

쾅!

눈 깜작할 새에 지붕을 꿰뚫고 지나가는 화살!

그곳을 밟고 서 있던 한 젊은 중이 돌연 푹 꺼지는 지붕을 박차고 공중으로 뛰어올랐다. 그러자 길게 포물선을 그리며, 더 높은 허공에서 하나의 화살이 조용히 떨어지고 있었다.

후욱!

그때, 옆에서 기다란 봉이 끼어들어 그 끝으로 화살을 쳐 냈다.

캉!

"흠!"

봉을 들고 끼어든 중이 봉 전체를 찌르르 울리는 충격을 느끼고 인상을 썼다.

'엄청난 힘이군.'

하지만 그 덕분에 다른 중은 무사히 착지할 수 있었다. 그렇다고 그 중의 기세가 진정된 건 아니었다.

탄탄하기만 하던 불막금원의 기세에 이 화살 두 개로 구멍이 난 것이나 마찬가지였다.

보다 못한 혜원이 잔해 더미를 지나 앞으로 나섰다.

"허어! 마현 시주께서 장난이 지나치시구려."

"언제부터 서로 죽고 죽이는 전쟁이 장난으로 취급받았는지 모르겠소이다."

"결국엔 회주가 탄생하면, 우리는 다시 같은 백우회의 일원으로 돌아가는 거외다."

"혜원 대사께서는 너무 이상적인 말만 하는구려. 현실적으로 이렇게까지 일이 벌어졌는데, 우리가 하나로 합쳐질 것 같소?"

"항상 그래 오지 않았소? 회주가 선출되면, 그 회주 아래 하나로 뭉치는 것이 백우회였소."

"하나로 뭉치는 게 아니라, 서로 신경을 쓰지 않는 것뿐이오. 더 이상의 이득이 없으니 말이오."

마현은 그 말을 내뱉음과 동시에 크게 입을 벌렸다.

"이시(二矢)!"

사방을 쩌렁쩌렁 울리는 그 목소리에 풍시원의 무인들이 둘로 나뉘어 지붕 위로 시위를 겨누었다.

파파파파파팟!

동시에 쏘아 올린 화살이 하늘을 뒤덮고, 지붕 위로 소낙비처럼 떨어져 내렸다.

그러나 상대는 불막금원의 고수들.

만만히 볼 자들이 아니었다.

그들은 수중의 봉을 머리 위로 들어 풍차처럼 세차게 돌렸다.

채채채채챙!

화살들이 우지끈 부러지며 사방으로 튕겨져 나갔다. 그와 동시에 한 중이 지붕을 박차고 뛰어올라 비호처럼 날쌔게 풍시원의 무인들을 덮쳐 갔다.

그 모든 거리를 격하고 버드나무처럼 휘둘러진 봉이 풍시원 무인들의 머리통을 순식간에 쓸어 갔다.

캉!

그런데 그 봉이 채 휘둘러지기도 전에, 봉 끝에서 불꽃이 튀더니 뒤로 주르륵 밀려났다.

"크흑!"

그 봉을 휘둘렀던 중이 자신의 눈앞에서 튀어 오르는 화살을 보고 눈살을 찌푸렸다. 그 화살이 자신의 봉을 쳐 냈기 때문이다.

"그 정도 가지고 본원을 상대하려 했느냐!"

마현이 그 중을 향해 재빨리 화살 하나를 날리고 성큼 달려들며 또 한 발의 화살을 쏘았다.

앞뒤로 날아드는 화살 뒤에서 마현이 무섭게 달려들었다.

그에 그 중이 봉을 앞으로 내밀며 끝으로만 화살을 쳐 냈다.

채챙!

그다음 마현을 노리고 봉을 휘둘렀건만…….

쾅!

애꿎은 땅만 내려찍었을 뿐, 마현은 보이지 않았다. 그리고 문득 머리 위에서 그림자가 드리웠다.

그 중이 놀라 고개를 치켜드니, 자신의 머리 위에서 물구나무서듯 거꾸로 떠서 시위를 겨누고 있는 마현의 모습이 보였다.

파악!

그가 쏘아 낸 화살이 그 중의 머리에 꽂히며 땅바닥에 처박혔다. 그와 동시에 머리가 폭죽처럼 터지며 뇌수와 피가 땅바닥에 흘러내렸다.

눈 뜨고 볼 수 없는 참혹한 광경.

그에 혜원이 다급히 합장을 하며 짧게 불경을 외웠다. 그러고는 무섭게 눈을 치켜떴는데, 그의 전신에서 범접할 수 없는 강대한 기운이 넘실거렸다.

"오늘 살계(殺界)를 여는 걸 허락한다."

그 말이 떨어지자, 지붕 위에 꼿꼿이 서 있던 불막금원의 중들이 들고 있는 봉을 일자로 세워 지붕을 내리찍었다.

쿵! 쿵! 쿵!

그 일치된 소리가 일정한 박자로 쩌렁쩌렁 울렸다.

*　　*　　*

같은 시각.

남쪽 땅의 한가운데로 당당히 진격하는 무리가 있었다.

그들의 모습은 몰래 쳐들어왔다고 하기엔 너무나도 당당해 보였다.

그리고 그들의 가슴팍엔 하나같이 똑같은 문장이 박혀 있었다.

새파란 바탕에 끝이 아래로 향해 있는 금빛 검 한 자루, 그리고 그 검을 뒤덮고 잘게 부서지는 하얀 포말.

백아사천 중에서도 현재 가장 큰 세력을 지녔다는 대해문의 문장이었다.

그리고 그런 대해문에 걸맞게 인원은 셀 수도 없을 만큼 어마어마했다.

단순히 걸어 들어오기만 해도 땅이 흔들리는 것처럼 느껴졌다.

그러다 보니 남쪽 땅의 무인들도 섣불리 덤비지 못하고 뒤로 물러나기에 바빴다.

그런 그들을 보며 코웃음을 친 대해문의 검사들이 자기네 땅인 것처럼 남쪽 땅을 휘젓기 시작했다.

"한심한 놈들! 도망치기만 하는 거냐!"

청색 비단옷을 정갈하게 차려입은 한 검사가 의기양양하게 나서며, 다 도망가고 텅 비어 있는 전각을 향해 검을 휘둘렀다. 그러자 여러 가닥의 검기가 쭉쭉 뻗어져 나와 전각의 하단부에 꽂혔다.

콰르르릉!

순식간에 전각 하나가 가라앉으며, 모래성처럼 박살 난 잔해들을 쏟아 냈다.

누군가 봤다면 기겁했을 장면.

그런데 대해문의 무인들은 감흥 없이 그곳을 지나쳤다. 마치 그런 것쯤은 누구나 한다는 것처럼 말이다.

그들의 선봉에 선 담무백을 향해 한 노년의 남성이 따라붙었다.

그 노인은 백발 한 올 흘리지 않고 머리에 건을 두르고 있었고, 온몸을 조이는 적색 무복을 입고 있었다. 그리고 허리에는 한눈에 봐도 보검 같은 것이 달려 있었다.

그 노인의 이름은 원광으로, 대해문에서도 손에 꼽을 만한 실력자였다. 그리고 담무백의 오른팔이라 불릴 만큼 담무백으로부터 큰 신임을 받고 있는 자이기도 했다.

"소문주께서는 남쪽 땅에서 누가 먼저 나올 것 같습니까?"

"풍시원이 불막금원을 막으러 갔으니, 적어도 불막금원이 먼저 올 것 같진 않소."

"누가 먼저 오든, 쉽게 봐서는 안 됩니다. 남쪽 땅의 지배자인 우원보는 예로부터 많은 비밀에 휩싸여 있었습니다. 그래서 드러난 전력이 확실치 않으니 각별히 주의하셔야 합니다."

"뭐가 그리 숨기는 게 많은지, 이참에 한번 알아봅시다."

그 당당한 태도에 원광이 털털 웃었다.

"소문주께서는 적진에 들어와서도 여유가 넘치십니다."

"내가 여유로워 보입니까?"

"다들 뭐 그리 동요가 심한지, 쓸데없는 짓을 하고 있습니다. 방금도 괜한 건물을 부수지 않았습니까? 평소라면 그냥 지나쳤을 텐데 말입니다. 그런데 여기서 소문주만이 평소처럼 행동하고 계십니다."

"평소처럼 행동하는 게 아니라 머릿속을 어지럽히는 걸림돌이 하나 있어서 그렇습니다."

"어떤 걸림돌 말입니까?"

"지금 눈앞에 있는 남쪽 땅쯤은 별것 아니게 느낄 만큼 커다란 걸림돌입니다."

늘 당당하던 담무백이 언제 저리 말한 적이 있던가?

원광의 눈빛이 흔들렸다.

"소인 모르게 걱정하시는 것이 있나 봅니다."

"내 말이 틀렸군."

"무슨 말씀이십니까?"

"방금 전에 남쪽 땅쯤은 별것 아니게 느껴진다고 했던 말, 잘 못 내뱉은 것 같아."

뭐라 말하려던 원광이 문득 정면에서 이글거리는 기운을 느끼고 고개를 돌렸다.

저 멀리 남쪽 땅에서 한 사내가 눈부신 속도로 달려오고 있었다.

단단한 체격과 굵은 목, 그리고 진한 이목구비와 차분해 보이는 문사풍의 인상까지.

이곳 남쪽 땅의 대표이자, 백도칠원 중 하나인 고악원의 원주이기도 한 현음신군 고무진이었다.

그는 묵빛 검집에 꽂혀 있는 흑원검을 한 손에 들고 단숨에 이 앞까지 다가왔다. 그리고 그는 이 수많은 인원을 보고도 눈빛 한 번 흔들리지 않았다.

오히려 당당히 대해문의 무인들을 훑어보며 기세를 펴뜨렸다.

안개처럼 스멀스멀 스며드는 그의 기운이 대해문의 무인들을 파고들었다. 그러자 대해문의 무인들은 겨울 아침처럼 온몸이 서늘해지는 걸 느꼈다. 고무진이 그 기운 밑바탕에 살기를 깔았기 때문이다.

그러나 담무백은 그 정도쯤은 끄떡없다는 듯 덤덤히 그를 쳐다봤다.

"혼자 온 건가?"

"그쪽이야말로 대해문만 이끌고 남쪽 땅에 쳐들어온 거 아니오?"

"그럴 리가? 다들 여러 갈래로 나눠서 들어왔다."

"여러 갈래로 나눴다……. 사람 수가 많은 대해문이니 가능한 수법이구려."

그때, 고무진의 뒤에서 땅의 울림이 전해졌다.

그에 담무백이 고개를 들어 보니, 그의 뒤에서 핏빛처럼 새빨간 장삼을 입은 무인들이 떼로 몰려오는 게 보였다.

담무백의 시선은 그 적의인들의 가슴팍에 선명하게 박혀 있는 금색의 동그라미로 향했다.

"고악원이군. 아무리 백도칠원 중 하나라지만, 그것 가지고 본문을 상대하려는 건가?"

"그럴 리가 있겠소?"

그 말이 끝나기 무섭게 고악원의 무인들이 달려오는 길 양옆에서 수십 명의 흑의인들이 냉랭한 기운을 뿌리며 쏟아져 나왔다.

이번에도 담무백의 시선은 흑의인들의 가슴팍에 새겨진 금색 곡선과 그들의 손에 쥐어져 있는 기다란 검으로 향했다.

"구현단까지?"

담무백이 오묘한 미소를 지으며 말하자, 고무진의 옆으로 포대익이 뒤뚱거리며 다가섰다.

그는 여전히 금빛 장포를 입고 비대한 몸집을 자랑했다.

그러나 그를 보고도 쉽게 조소를 흘리는 사람은 없었다. 대번에 그가 구현단의 단주임을 알아봤기 때문이다.

"네놈이 구현단의 단주인 포대익이겠군."

"아이고, 이거 갑자기 쳐들어와서 딱히 내올 게 없습니다."

포대익이 능글맞게 웃으며 말하자, 담무백이 피식 웃었다.

"구현단의 단주는 유령처럼 차갑고 무뚝뚝한 사람인 줄 알았건만……."

"아이고, 말도 마십시오. 그거 다 소문입니다, 소문."

"그럼 구현단의 단주가 정말 대단한 고수라는 것도 소문에 불과한 건가?"

"아이고, 그런 걸 뭘 물으십니까? 직접 겪어 보면 되는 것을."

포대익이 싱긋 웃으며 소맷자락을 크게 휘둘렀다. 그러자 바람이 쌩하니 불어 담무백의 전신을 스치고 지나갔다.

별것 없는 손짓.

가벼운 허초에 불과했다.

"장난입니다, 장난. 껄껄! 인상 좀 푸시지요. 어찌 제가 서쪽 땅의 대표를 넘보겠습니까?"

그러나 그 말에도 담무백은 웃지 않고 고개를 들어 좌우를 훑어봤다.

"저기 숨어 있는 자들은 누구지?"

"이런, 어찌 아셨습니까?"

지붕 위로 한 사람씩 올라와 그곳에 제멋대로 털썩 앉았다.

그 수가 얼추 백을 넘어섰다.

그들을 바라보는 담무백의 눈빛이 한층 더 깊어졌다.

"우원보의 무인들인가? 그런데 겨우 반밖에 안 되는 것 같군. 나머지는 어디 갔지?"

"어디 갔겠습니까? 대해문을 쫓아온 서쪽 땅의 무인들을 처리하러 갔지요."

"고작 백 명으로?"

"그 정도로도 충분합니다. 저들은 우원보의 무인들이니까요. 하지만 그들만 있는 건 아닙니다. 여기 남쪽 땅에 있는 사람들도 같이 갔지요."

"본문을 피해서 뒤로 쫄래쫄래 도망가더니, 그쪽으로 갔나 보군."

포대익이 웃으며 어깨를 으쓱거렸다.

"어쩔 수 있겠습니까? 웬만해선 백아사천을 상대로 도망치지 않을 수 없죠."

그 말을 내뱉는 사이, 어느새 포대익과 고무진의 뒤로 고악원과 구현단의 무인들이 도착했다.

그런데 마치 그러기를 기다렸다는 듯이 담무백이 입을 열었다.

"다 왔나 보군."

"껄껄. 기다려 주신 겁니까?"

"발악할 기회 정도는 줘야지."

그때였다.

"그 전에 물을 게 있소."

고무진이 앞으로 나서며 물었다.

"뭐지?"

"동쪽 땅과 동맹을 맺고 이리 쳐들어온 것이오?"

그 말에 담무백이 씩 웃었다.

"이제는 감출 수 없겠지. 맞다. 백리운과 나는 같은 시간에 서로 북쪽 땅과 남쪽 땅을 쳐들어가기로 했다."

"이해가 안 되는구려. 동쪽 땅이 먼저 북쪽 땅을 칠 걸 알았으면 차라리 비어 있는 동쪽 땅으로 들어가는 게 더 이익 아니오?"

"그와 반대로, 남쪽 땅에서 쳐들어온다면 우리 땅도 큰 피해를 입게 되지. 그렇게 서로가 서로를 견제하다 보면 꽤나 시간이 오래 걸릴 거야."

"내가 보기에는 그것 말고도 더 큰 이유가 있는 것 같소만."

"여러 가지 이유가 있지. 하지만 그걸 한가로이 떠들고 있을 수는 없지 않은가? 그것도 이리 적진의 한복판에서 말이야."

고무진이 고개를 끄덕이며 흑원검을 뽑았다.

"그렇구려. 그럼 어서 빨리 대해문을 처리해야겠소."

"얼마든지."

그 말을 듣자마자 고무진이 용수철처럼 앞으로 폴짝 튀어 나갔다. 그리고 그의 뒤를 따라 포대익이 사방에 장력을 쏟아 냈고, 구현단과 고악원의 무인들이 대해문의 무인들을 향해 돌격했다. 또한 동시에 지붕 위에서 우원보의 무인들이 떨어져 내리며 대해문의 무인들을 덮쳐 갔다.

그렇게 서쪽과 남쪽 땅의 전쟁이 시작되었다.

＊　　＊　　＊

"소가주께서 부르셨소이다."

백리후가 우당각 앞에 서며 말하자, 미리 언질을 받은 것인지 곽가량이 아무 말 없이 비켜 주었다.

끼이익.

문을 열고 안으로 들어간 백리후가 저 한가운데에 앉아 있는 백리운에게 다가갔다.

한 걸음, 두 걸음…….

금세 지척이다.

백리후는 가볍게 읍을 해 보였다.

"부르셨습니까?"

그 말에 삐딱하게 고개를 꺾고 있던 백리운이 입을 열었다.

"이제 그만 경계에 있지 않아도 된다. 북쪽 땅과의 일은 이미 끝마쳤고, 남쪽 땅과 서쪽 땅은 서로 전쟁을 하느라 바쁠 터이니."

"하면 어쩌실 생각입니까? 지금 같은 시기에 서쪽 땅을 치는 것도 괜찮아 보입니다만."

"약속을 했으니 기다려 줘야지."

"소문이 사실이었군요. 소가주께서 서쪽 땅의 대표와 손을 잡았다는……."

"그런 셈이지."

"한데 그 약속을 굳이 지키실 필요가 있습니까?"

눈이 매섭게 번뜩이는 백리후를 보며 백리운이 피식 웃었다.

"어차피 약속은 서로 전쟁을 일으키는 것뿐, 그 이후는 상관없다."

"하면 곧바로 움직이시는 것이 어떻습니까? 사대요단이 많이 지쳐 있으니, 저희 제천검원이 대신 나서겠습니다. 상황을 보자니, 서쪽 땅에서 대규모로 쳐들어간 것 같습니다. 그럼 서쪽 땅이 비어 있을 터, 본원만으로도 상당히 큰 피해를 줄 수 있습니다."

"그것보다는 반대편에서 남쪽 땅을 치고 싶군. 그럼 남쪽 땅은 앞뒤로 둘러싸이게 되니 꼼짝 못하게 되지."

"그것도 나쁘진 않습니다. 서쪽 땅과 전쟁을 하는 동안 끊임없이 치고 빠진다면 남쪽 땅은 크게 흔들릴 겁니다. 지금과 같은 상황이라면 본원을 막는 것도 벅찰 겁니다."

백리운이 고개를 끄덕였다.

"사대요단과 백랑사단이 온전히 살아 돌아왔다고 해도, 지금의 체력으로는 다시 움직이기 무리겠지."

"더군다나 남쪽 땅을 상대하는 고된 일이라면 부상자가 속출할 겁니다."

"그래서 너를 부른 거다."

백리후가 고개를 바짝 치켜들었다.

"움직이실 생각입니까?"

"그래야지. 문제는 서쪽 땅이냐, 아니면 남쪽 땅이냐다."

"본원만 움직이는 걸 생각한다면, 남쪽 땅이 좋을 듯합니다. 가깝기도 하고, 서쪽 땅과 함께 앞뒤로 몰 수도 있고 말입니다."

"이왕 서쪽 땅과 손잡은 거, 그리 도와주는 것도 나쁘지 않을 것 같군."

백리운은 수긍하는 듯하면서 속으로는 다른 생각을 하고 있었다.

'남쪽 땅으로 가서 고웅천 좀 만나 봐야겠군.'

이비와 종무도가 탑의 지하로 가서 들어 온 말에 의하면, 그는 탑에 대해 무언가 알고 있는 듯했다.

'게다가 달의 힘을 원한다고 했지……'

고웅천이 원한다는 달의 힘이라는 게 걸렸다. 그것이 마치 자신의 천월을 뜻하는 것 같았기 때문이다.

'착각인지 아닌지는 직접 물어보면 되겠지.'

백리운이 고개를 끄덕이며 말했다.

"준비하도록."

백리후가 절도 있게 고개를 끄덕이며 우당각 밖으로 나갔다.

스스슥!

그가 서 있었던 자리에서 두 사람이 돋아났다.

숨어 있던 종무도와 이비였다.

특히 종무도는 나타나자마자 기세 좋게 입을 열었다.

"저도 따라가겠습니다."

"따로 할 일이 있다."

"하명하십시오."

"이비와 함께 탑의 지하로 돌아가서 일비가 언제 움직이지는 알아 와라."

"알겠습니다."

가만히 서 있던 이비가 불쑥 입을 열었다.

"아마 곧 움직일 거예요."

"그래야지. 그러라고 제천검원과 움직이려는 건데. 그럼 일비가 보고 자신도 움직이려 하겠지."

"일비를 끌어내려는 속셈인가요?"

"내가 너무 빨리 북쪽 땅을 끝냈잖아. 그러니 저 진흙탕 속에 끼어들어 주면, 일비도 움직이려고 하겠지."

"일비와 회주가 부딪치기를 원하는 거군요."

"그래야지."

이비가 그 뜻을 이해하고 고개를 끄덕였다.

"알겠어요."

그때, 우당각 밖으로 몰려드는 제천검원의 검사들을 느낀 백리운이 물러가라는 손짓을 해 보였다.

"가 보도록."

그러자 그 둘의 신형이 그 자리에서 쏙 사라졌다.

*　　*　　*

백리운이 동쪽 땅을 가로질러 남쪽 땅을 향해 성큼성큼 걸었다. 그리고 그의 뒤로 백리후와 절도 있게 줄을 맞춘 제천검원의 검사들이 따라붙었다.

그들이 그저 지나가기만 해도 그 일대가 정적에 휩싸일 만큼 그들의 존재감은 대단했다.

그런데 멀리서 그런 그들을 지켜보는 두 사람이 있었다.

제천검원의 원주인 등평부와 그의 여식인 등화린이었다.

물론 백리운은 상당히 먼 거리임에도 그들의 시선을 느끼고 있었고, 그들의 대화도 들을 수도 있었다. 하지만 걸음 속도만 늦출 뿐, 그 이상으로 내색하지 않았다.

그것도 모르고 등평부와 등화린은 저 멀리 개미처럼 작게 보이는 그들을 보고 계속해서 입을 열었다.

"또다시 움직이는구나."

"그러게요."

시무룩해하는 등화린을 보고 등평부는 말해 주고 싶었다. 예전에 백리운이 자신에게 와서 기다려 달라고 했던 말을 말이다.

하지만 말할 수 없었다. 지금처럼 전쟁이 끊임없이 터지는 시기에, 태풍의 눈이나 다름없는 백리운의 옆으로 등화린이 뛰어들 것 같았다.

사사천구마저 그 태풍에 휩쓸리는 마당에 등화린이라고 멀쩡할까?

그래서 등평부는 괜히 다른 말만 했다.

"소가주가 움직이는 방향이 남쪽인 것으로 보아, 서쪽 땅을 도울 생각인가 보군."

"서쪽 땅과 손을 잡았다는 소문이 사실인가 봐요."

"그러겠지. 그게 아니고선, 이리 비슷하게 전쟁을 일으킬 수는 없으니까."

"운이는 무슨 생각을 하는 걸까요?"

"지금 움직이는 걸로 봐선, 그 목표가 꽤나 명확해 보이지 않느냐?"

"운이가 정말 회주에 오를 수 있을까요?"

등평부가 고개를 끄덕였다.

"보통 사사천구끼리 부딪치면 며칠 간다는 전쟁을 소가주는 아침에 시작해서 낮이 오기도 전에 끝냈다. 이것만 봐도 꽤나

명확해 보이지 않느냐?'

"그러네요."

"다만, 사사천구의 기반은 동쪽과는 비할 수 없을 만큼 서쪽 땅이 크지. 그러니 저 전쟁에서 서쪽 땅이 큰 피해를 입을수록 소가주에게 유리해진다."

"그럼 지금 가면 안 되는 거 아니에요?"

"그 반대의 경우도 생각해야 하지 않겠느냐?"

"남쪽 땅이 이기는 경우요?"

등평부가 고개를 저었다.

"지금쯤 한창 전쟁 중이라, 우리의 전쟁이 끝났다는 소식을 들을 새가 없을 것이다. 한데 지금이라도 저들의 귀에 들어간다 면, 그 즉시 동쪽 땅은 공공의 적이 된다. 북쪽 땅을 단박에 무너 뜨렸으니, 그들에게는 위협적인 존재로 인식되겠지."

"그래서 한쪽이라도 무너뜨릴 생각인가요?"

"최대한 흔들어 놓겠다는 심산이겠지."

등화린이 두 주먹을 꾹 쥐며 입 앞으로 모았다. 어느새 백리 운을 바라보는 그녀의 눈빛이 묘하게 흔들리고 있었다.

"지금부터 조금이라도 잘못되면 운이가 위험하겠네요."

"그리 걱정되면 우당각에 한번 찾아가 보는 건 어떠냐?"

"예?"

"계속 옆에 있을 순 없어도, 한 번쯤은 들러 볼 수도 있지 않 느냐?"

"하지만……."

"우당각에 있다는 소저들이 신경 쓰이느냐?"

"……."

등평부가 인자한 미소를 그렸다.

"그 소저들을 한번 만나 보는 것도 나쁘지 않을 것 같구나."

"만나서 뭐라고 해요?"

"글쎄다. 그건 네가 나보다 더 잘 알 것 같구나."

등화린은 고개를 반쯤 숙이고 아무런 말도 하지 않았다.

"……."

그리고 멀리서 그 모든 대화를 엿들은 백리운 또한 입을 꾹 닫았다.

*　　*　　*

그와 같은 시각.

탑의 지하에 있는 동굴이 크게 흔들렸다.

우두두두두!

돌 부스러기가 떨어져 내리며 땅에 쩍쩍 금이 갔다.

깊진 않지만, 꽤 넓게 퍼졌다.

그리고 그 중심에는 일비가 가부좌를 틀고 앉아 있었다.

돌연 눈을 번쩍 뜬 일비.

그의 입에서 딱딱한 목소리가 흘러나왔다.

"다시 말해 봐라."

그의 시선을 받은 삼비가 그의 앞에 털썩 앉으며 말했다.

"북쪽 땅과 동쪽 땅의 전쟁이 끝났다."

"그 전에……."

"북쪽 땅에서 우리와 결탁한 자들은 전쟁이 시작되기 전에 이미 제거된 듯하다."

"그리고?"

"그리고 육비는 죽었다. 지금의 육비는 사령신문의 장문인이 역용술로 위장한 듯하다."

일비의 눈에서 살벌한 안광이 뿜어져 나왔다.

"누가 이 일을 꾸민 것이지?"

"백리운."

"백리운?"

"북쪽 땅과 동쪽 땅의 전쟁이 이리 빨리 끝난 이유가 뭐라고 생각하냐? 하물며 중소문파끼리 싸워도 하루는 꼬박 걸린다. 그런데 사사천구 두 지역이 맞붙었는데 이리 빨리 끝난다고? 그런 경우는 오직 하나뿐이지. 한쪽의 힘이 상대할 수 없을 만큼 강할 때."

"확실한가?"

삼비가 대답 대신 등 뒤로 손을 뻗었다. 그에 일비의 시선이 그의 뒤에 누워 있는 두 사람에게로 향했다.

둘 다 노인이었는데, 한 사람은 익숙했고, 다른 한 사람은 낯

설었다.

익숙한 쪽은 백리운에게 넘어간 백우회의 장로 냉우덕이었고, 낯선 쪽은 제갈천의 손을 잡고 북쪽 땅과 결탁했던 수라각의 부각주였다.

"동쪽 땅이 북쪽 땅으로 쳐들어간 걸 보고, 제일 먼저 냉우덕이 떠오르더군. 이놈이 차기 회주 경합을 열지 않은 것부터가 수상했어. 그리고 거기서부터 시작이기도 했고."

"그래서?"

"그래서 잡아다 족쳤지. 그러더니 놀라운 사실을 불더군."

"어떤 걸 말이지?"

삼비가 한쪽 눈썹을 들썩였다.

"사령신문의 장문인인 종무도가 육비를 만났다더군."

"그가 육비를 죽이는 걸 냉우덕이 봤다는 건가?"

삼비는 고개를 저었다.

"그 전에 그곳에서 빠져나갔다고 했다. 그런데 냉우덕을 보러 간다던 육비가 우리에게 뭐라 그랬지? 자리에 없어서 못 만났다고 했지. 그리고 종무도를 만났다고도 얘기하지 않았어."

일비가 알겠다는 듯이 고개를 끄덕였다.

"그렇군. 육비로 위장한 거였어."

"그보다 더 놀라운 게 있어."

"백리운 말인가?"

"그래. 이 모든 걸 뒤에서 꾸민 자가 바로 백리운이었던 거야."

일비의 표정이 깊게 가라앉았다.

"백리운이 어떻게 그런 일을 벌인 거지?"

"놀라지 않아? 종무도 그놈도 백리운의 말을 듣고 있었어!"

"그럼 북쪽 땅과의 전쟁을 이리 빨리 끝낸 것도 당연히 백리운이겠군."

그 말에 삼비가 다시 뒤로 손을 뻗어 수라각의 부각주를 가리켰다.

"내가 무슨 일이 벌어졌는지 알아보려고 현월교에 갔는데, 그 주변에서 저놈이 머물고 있더군."

"저놈이 누구지?"

"저놈이 수라각의 부각주인데, 그동안 북쪽 땅과 손을 잡고 있었나 봐. 그래서 현월교 주변에 머물고 있던 것 같아. 그리고 그 덕분에 오늘 아침에 현월교에서 벌어진 일을 다 지켜봤고……."

"뭐라 그러지?"

삼비가 잠시 뜸을 들이다가 말했다.

"믿기지 않는 말인데, 백리운 혼자 현월교를 무너뜨렸다더군."

"지금 그 말을 믿으라는 건가?"

"사실이야. 그 광경을 저놈이 모두 지켜봤어. 그리고 난 저놈 앞에서 수라각의 살수들을 모조리 죽이면서 알아냈지."

"그건 나도 불가능한 일이다."

"그렇다고 수라각의 부각주씩이나 되는 놈이 잘못봤을 리도 없고. 그리고 그게 아니라면 현월교가 이리 빨리 무너지는 것도 말이 되질 않는다."

그 말에 일비의 기세가 더욱 사나워졌다.

"이놈들이 나를 가지고 놀았다, 이거지."

"어쩔 생각이지?"

그때였다.

"여기가 어디지?"

불현듯 들려오는 익숙한 목소리.

지난 며칠 동안 듣지 못했던 목소리다.

핏빛 연못에 몸을 담그고 있는 사비가 눈을 뜨며 말한 것이었다.

"일어났군."

일비가 핏빛 연못을 쳐다보며 말하자, 사비가 물 안에 잠겨 있는 자신의 몸을 내려다봤다.

"아직도 상처가 아물지 않은 건가?"

"꽤 오래 있었다, 너."

"얼마나 오래 있었는데?"

그 말에 삼비가 다가가 연못 앞에 털썩 앉으며 말했다.

"며칠 됐다."

"며칠이나 걸렸다고?"

사비가 미심쩍게 묻자, 삼비는 고개를 끄덕였다.

그가 그럴 수밖에 없는 것이, 지금껏 이 연못은 어떠한 상처든 간에 하루 이상을 넘겨 본 적이 없었던 것이다.

그런데 며칠이라니?

도대체 얼마나 깊이 상처가 난 것일까?

사비는 몸을 살짝 움직여 봤다.

"끄으으……."

오랫동안 움직이지 않아 온몸이 뻐근했다. 그리고 아직 아물지 않은 상처 때문에 몸을 움직이려 할 때마다 송곳으로 쑤시는 것만 같았다.

그리고 그 순간, 제갈세가에서 있었던 일이 떠올랐다.

"으… 으……."

눈이 뒤집어지고 온몸을 미친 듯이 떨었다.

갑작스런 사비의 발작에 삼비가 손을 뻗어 그의 몸을 꾹 눌렀다. 그와 동시에 한 줌 진기를 흘려보내 그의 몸 안을 진정시켰다.

"허어, 허……."

그제야 거친 숨을 몰아쉬며 사비의 눈동자가 원래대로 돌아왔다.

"백리운, 백리운… 그놈이 무공을 숨기고 있었어."

그 말에 일비의 눈초리가 바짝 섰다.

"제갈세가에서 무슨 일이 있었는지 말해 봐라."

"내가 제갈기라는 놈을 죽이고……."

사비는 자신의 관점에서 최대한 기억나는 대로 말을 이어 나갔고, 그 이야기가 끝으로 갈수록 일비의 얼굴은 심각하게 굳어 갔다.

"사실이냐?"

"그래. 내가 직접 당한 거 보면 모르겠냐?"

"……."

믿기지 않았다. 어찌 그런 힘이 있을까?

일비가 아무런 말도 못하고 입을 꾹 닫고 있을 때였다.

저벅저벅.

그들이 있는 곳으로 이비와 육비의 모습을 한 종무도가 나란히 들어섰다.

종무도는 들키지 않으려고 출랑대며 입을 열었다.

"먼저 와 있었군. 지금 밖이 난리라서 제대로 일을 처리할 수 없었다. 그래도 전쟁이 났으니 상관없겠지. 혼란은 그대로……."

그때, 말을 하던 종무도의 어깨를 이비가 손으로 꽉 잡았다. 그래서 종무도가 뒤돌아보자, 이비가 턱으로 한 곳을 가리켰다.

자연스럽게 종무도의 시선이 그곳으로 향했다. 그리고 나란히 누워 있는 두 시체를 보았다.

냉우덕과 수라각의 부각주.

그 두 시신을 본 순간, 종무도가 재빨리 일비와 삼비의 얼굴을 보았다.

무언가 날이 선 분위기.

그것은 굳이 살수처럼 예민한 감각을 갖지 않아도 알아챌 수 있었다.

"……!"

종무도는 온몸의 털이 일어서는 걸 느꼈다.

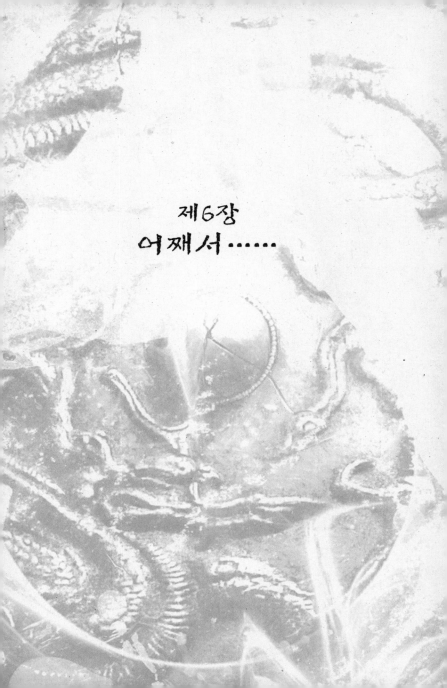

제6장
어째서……

'도망쳐야 한다!'

그러나 그가 움찔거리는 순간, 삼비가 몸을 날려 그들의 사이로 파고들더니 뒤로 쏙 빠져나갔다. 그들이 도망치지 못하도록 뒤를 점거한 것이다.

그때, 일비가 천천히 일어서며 종무도를 빤히 노려봤다.

"오랜만이라 그래야 하오? 그때, 사령신문에서 보고 처음 보는구려."

"다 알아차렸군."

"대단하오. 이제는 내 눈도 속이고……. 그때랑은 많이 달라졌소."

"시간이 흐르면 모든 게 변하기 마련이지."

종무도는 침착하게 대꾸하고 있었다. 그런데 그때 날아오는 어떤 목소리에 고개가 휙 돌아가며 눈이 부릅떠졌다.

"맞아, 시간이 흐르면 모든 게 변하지. 오랜만이야, 스승님."

도저히 잊을 수 없는 목소리.

한때 또랑또랑한 눈빛을 하고는 자신을 졸졸 따라다녔던 바로 그가 핏빛 연못에서 얼굴만 내민 채 자신을 보고 환하게 웃고 있었다.

종무도는 살기가 치미는 걸 억제하지 못했다.

"사비……."

"이제는 이름으로 불러 주지도 않으시군요."

그 말에 종무도가 움찔 떨며 몸을 날리려 하자, 황급히 이비의 전음이 날아들었다.

[지금은 참아야 해요.]

종무도가 주먹을 꾹 쥐며 역용술을 풀었다. 그러자 그의 몸에서 혹 같은 것이 울퉁불퉁 튀어나왔고, 눈 깜짝할 사이에 본모습으로 돌아갔다.

그 광경을 본 일비가 한쪽 눈썹을 꿈틀거렸다.

자신 역시 저 사령신문의 역용술을 사비를 통해 배웠다. 그런데 자신만큼 빠르게 역용술을 풀 수 있다니?

"정말 많이 강해졌소."

일비의 말에 종무도는 바짝 정신이 들었다. 그만큼 그의 존재감은 여기서 단연 최고였다.

'하지만 이쪽도 이비와 함께 둘이다. 보아하니 아직은 사비는 못 움직인 것 같으니, 일비와 삼비만 처리하면 된다. 숫자는 같다. 이기진 못해도 도망치는 건⋯⋯.'

종무도와 이비가 서로가 서로를 보며 고개를 끄덕였다. 그리고 그와 동시에 뒤에 있는 삼비를 향해 몸을 날렸다.

"크하하하!"

삼비는 입이 찢어져라 웃으며 두 다리를 벌리고 두 손을 펼쳤다.

파파파파팟!

무수히 일어난 손 그림자가 전방을 뒤덮고 파도처럼 튀어 오르며 종무도와 이비의 상반신을 덮쳤다.

번쩍!

그 순간, 손 그림자를 가르는 희끗한 빛이 있었다.

쏴아아아.

힘없이 사라지는 손 그림자 사이로 종무도가 기다란 검을 뽑은 채 몸을 들이밀고 있었다. 이비 역시 그를 따라 몸을 날리며 삼비를 향해 덮쳐 갔다.

"이래야 할 마음이 들지!"

삼비가 다리 하나를 앞으로 내밀며 손을 일직선으로 뻗었다.

그 주먹 끝에서 실낱같은 기운이 넓게 퍼지며, 벼락의 기운이 사방으로 튀었다.

지지지직!

광뢰분천사(廣雷分天死)!

하늘마저 죽인다는 무시무시한 이름의 권법으로, 우원보의 무공이었다.

"흠!"

종무도는 온몸에 계속 엮어드는 벼락의 기운 때문에 더 이상 앞으로 가지 못하고 온몸을 털어 냈다. 이비 또한 마찬가지였다. 그것이 큰 위력은 없어도 몸을 묶어 놓으려 하니 어쩔 수 없었다.

"아주 죽이 잘 맞는군!"

삼비가 훌쩍 몸을 띄우며 다리로 종무도의 머리를 내려찍었다.

카앙!

종무도가 검을 눕혀 머리 위로 들어서 막았다.

제법 큰 충격이 깃들었다.

하지만 허공에서 몸을 뒤집으며 연달아 다리를 채찍처럼 휘두르는 삼비를 보고 재빨리 검을 내려 크게 휘둘렀다.

콰앙!

삼비가 공중에서 제비를 돌듯 한 바퀴 구른 채 뒤로 밀려났고, 종무도도 뒤로 넘어갈 것처럼 몸을 크게 휘청거렸다. 그때,

이비가 그의 어깨를 쳐서 균형을 잡지 않았더라면 그의 몸도 삼비처럼 한 바퀴 굴렀을 것이라.

그런데 삼비는 바로 서며 눈을 부라리고는 크게 웃어젖혔다.

"크하하하! 재밌다, 재밌어! 정말 신기하군. 예전에는 내 기척도 못 느끼더니 이제는 나와 맞먹는 움직임을 보이다니."

"비켜!"

그때, 이비가 손바닥을 바짝 세운 채 몸을 밀어 넣었다.

한 점으로 노리고 허공을 가르는 손바닥.

이비의 체중이 고스란히 실려 있었다.

"홍!"

삼비가 두 손을 엮어 앞으로 내밀더니, 이비의 손바닥이 다가오는 순간에 아래로 살짝 내렸다가 손목을 노리고 세게 올려쳤다.

탁!

이비의 팔이 위로 훅 올라갔다. 그러자 기다렸다는 듯이 그녀의 다른 팔이 아래에서 불쑥 올라왔다.

날카롭게 세워져 있는 다섯 손가락.

허공을 찢으며 올라와 갈고리처럼 삼비의 턱을 움켜잡았다.

으득!

삼비는 하관을 누르는 엄청난 압력과 뺨을 뚫고 들어오려는 손가락 때문에 아무런 소리도 내지 못하고 발만 들어 이비의 가슴팍을 밀어 쳤다.

"앗!"

이비가 삼비의 턱을 놓치며 뒤로 한발 밀려났다.

이번에는 종무도가 그녀의 등에 손바닥을 얹으며 막아 줬다.

"크흐! 이놈들이!"

삼비가 뒤늦게 입을 좌우로 틀며 뻐근해진 하관을 풀었다.

여전히 그의 눈에선 거친 기세가 불타오르고 있었지만, 마음만큼 쉽게 덤벼들진 못했다.

한 명이라면 모를까, 두 명을 혼자 상대하는 건 무리였다.

그런데 그걸 보고도 일비는 가만히 이비를 노려보기만 했다.

그래서 종무도는 일비가 움직이지 않는 지금이 기회라고 생각하고 냅다 공세를 퍼부었다.

쉬앙!

기다란 검이 허공을 그으며 날카로운 기운을 토해 냈다.

아무런 기척도 없이 툭 쏘아진 검기 하나.

그런데 어딘지 모르게 섬뜩했다.

"음?"

삼비가 놀라 헛바람을 들이켰다. 종무도의 검이 쏘아 낸 검기가 일직선으로 뻗어 와 명치를 찔러 들어오고 있었기 때문이다.

그런데 그게 어찌나 소리 없이 다가오는지, 살갗에 닿을 때쯤에야 눈치를 챘다.

촤악!

황급히 옆으로 돌며 피해 낸 삼비가 자신의 명치에서 옆구리까지 그어진 혈선을 보고 인상을 찌푸렸다. 한 박자 늦게 움직인 터라 완전히 피해 내진 못했다.

주르륵.

그곳에서 피가 흘러내려 배와 허리를 적셨다.

"뭐지, 그 무공은? 분명 사령신문의 무공은 아닌 것 같은데."

저렇게 조용하게 날아드는 검법이 있다니?

순간, 등골이 서늘해졌다.

"네놈이 알 바 아니다!"

종무도가 바짝 다가서며 검을 세차게 휘둘렀다. 그리고 이번에도 남몰래 검기 하나를 쏘아 냈다.

보지 않는다면 느낄 수 없다.

그만큼 아무런 기척도 없었다.

그리고 마치 검의 그림자가 툭 튀어나온 것처럼 까맣게 물들어 있었다.

이번에는 목을 꿰뚫을 것처럼 쭉 뻗어 왔다.

단순한 검로, 그러나 눈부시게 빠르다.

"제길!"

삼비가 고개를 뒤로 크게 젖히며 피해 냈다.

그는 종무도가 펼치는 저 괴상한 검법 때문에 피하기에만 급급할 뿐, 어떠한 공격도 할 틈이 없었다.

'저건 뭐지?'

백아사천의 무공을 통틀어 익힌 자신이 아무리 봐도 처음 보는 검법이었다.

그럴 수밖에 없는 것이, 지금 종무도가 펼치는 검법은 일사영검(一死影劍)이라는 것으로, 백리운이 알려준. 묵천마교의 것이었다. 그것도 묵천마교에서도 장로급 이상만 배울 수 있는 초상승의 검법이었다.

그러니 삼비가 본 적이 없는 것은 당연할뿐더러, 막기 힘든 것도 당연한 것이었다.

피잉!

쭉 찔러 들어오는 검.

일사영검도 아닌 평범한 찌르기이건만, 삼비는 지레 놀라 뒤로 크게 몸을 물렸다.

"이, 이런, 개 같은!"

뒤늦게 그냥 찌르기임을 확인하고 욕지거리를 내뱉는 삼비였다.

반면, 삼비를 몰아세운 종무도는 검을 꾹 쥐고 확신하는 듯한 표정을 지었다.

'잡았다!'

뒤로는 위로 올라가는 계단이다. 더 이상 물러설 곳은 없었다.

훌쩍 몸을 띄운 종무도가 다시 일사영검을 펼치며 검을 찔러 넣었다.

그런데 그 순간…….

최악!

왼쪽 옆구리를 가르고 갈비뼈까지 깊숙이 들어온 기운이 있었다.

"크학!"

종무도가 오른쪽으로 몸을 날리며 옆구리를 붙잡고는 자신을 공격한 이를 쳐다봤다.

그런데 손에서 피가 뚝뚝 흘리며 서 있는 그는 다름 아닌 이비였다.

"어, 어째서?"

"미안해요."

그녀가 눈을 마주치지 못하고 고개를 돌렸다.

그때, 그녀의 뒤에서 일비가 씩 웃고 있는 모습이 종무도의 눈에 들어왔다. 그리고 또한 그의 앞에 놓인 백리극의 시신을 보았다.

그제야 무슨 일이 일어났는지 알 수 있었다.

"백리극 때문인가?"

"어쩔 수 없었어요. 저 시신이 상하면, 더 이상 백리극 공자님을 되살리지 못할지도 몰라요."

"저 탑에 뭐가 있는지 모르겠지만, 죽은 사람을 되살리는 건 없을 거다. 그런 건 말도 안 되니까."

"저 탑에는 모든 게 들어 있어요. 어쩌면 제가 원하는 것도 있을지 모르지요."

그녀의 뒤에서 일비가 실소를 흘렸다.

"어떤가, 배신당한 기분이? 뭐, 처음도 아닐 테니 너무 큰 충격은 받지 말라고."

종무도가 삼비에게 마지막 일격을 날리기 전에 일비가 이비에게 백리극의 시신을 훼손하겠다고 전음을 보냈다.

백리극의 시신이 멀쩡한 상태로 탑에 올라야 하는 법.

어디 한 군데가 부러지기라도 한다면 탑에 올라도 소용없을 것이다.

그리고 이비는 눈을 딱 감고 수도로 종무도의 옆구리를 가른 것이다.

"……."

종무도는 검을 왼손으로 옮겨 잡고 오른손으로는 왼쪽 옆구리를 감쌌다.

갈비뼈까지 닿았지만, 다행히도 내장까지는 아닌 듯했다.

하지만 가망이 없었다. 아무리 묵천마교의 무공을 익혔다고 해도 이들 셋을 혼자서 상대할 수는 없는 법.

'어쩔 수 없군.'

종무도는 삼비를 향해 몸을 던지며 오른팔을 창처럼 찔러 넣었다.

"쯧쯧쯧. 아직도 정신을 못 차렸군. 정말 여기서 도망칠 수 있을 거라 생각하는 거냐?"

삼비는 자신의 품으로 단숨에 파고든 종무도의 오른팔을 양손으로 잡았다.

그런데 종무도가 피하기는커녕 자신의 몸을 삼비의 뒤로 밀어 넣는 게 아닌가?

그리고 그와 동시에 왼손에 들린 검을 들어 스스로 자신의 오른팔을 잘라 냈다.

서걱!

"끄윽!"

순간, 머릿속이 새하얗게 질릴 만큼 엄청난 고통이 느껴졌지만, 종무도는 있는 힘을 다해 지상으로 올라가는 계단에 발을 디뎠다.

그 팔은 처음부터 미끼였다.

팔 하나를 통째로 주지 않으면 금방 눈치챘을 것이리라.

종무도는 바람처럼 그 계단을 오르기 시작했다.

그걸 보는 일비의 눈빛이 차갑게 가라앉았다.

"내가 쫓는다."

그 말과 동시에 일비가 그 자리에서 사라졌다.

"빌어먹을!"

삼비는 종무도의 팔을 땅바닥에 버리며 침을 퉤 뱉다가 돌연 어두운 표정을 짓고 있는 이비가 눈에 들어왔다.

"이봐, 배신하니까 좋아? 일비가 몇 번의 기회를 줬는데, 그때마다 이딴 식으로 나오다니……."

"네가 상관할 바 아니다."

그녀가 톡 쏘아붙이며 말하자, 삼비의 얼굴이 일그러졌다.

"그걸 말이라고 하는 거냐? 일비가 뭐라 하든지, 네년을 내 손으로 직접 처리해 주지."

삼비가 살쾡이처럼 날쌔게 튀어 오르며 이비의 목을 뜯어내려는 듯 잔뜩 구부린 손을 내질렀다.

콰득!

그러나 그가 움켜쥔 것은 애꿎은 공기뿐, 이비는 고개를 뒤로 빼며 앞으로 나와 있는 다리를 쭉 뻗었다.

퍽!

명치에 적중당한 삼비는 비틀거리며 뒤로 세 발자국 물러났다. 그리고 그 순간, 이비가 뒤로 훌쩍 몸을 물리며 백리극의 시신을 둘러메고 핏빛 연못에 얼굴을 내밀고 있는 사비의 뒤로 몸을 날렸다.

뒤늦게 삼비가 달려들려고 고개를 치켜들었을 때는 이미 이비가 사비의 목을 움켜쥔 뒤였다.

"비켜! 길을 트지 않으면 사비는 죽어."

"으윽!"

의식을 차렸다고는 하나, 아직 움직이기에는 무리였다. 그래서 사비는 단순히 목만 잡혔을 뿐인데도 꼼짝 못했다.

그래도 삼비가 움직이려 하자, 이비가 재빨리 입을 열었다.

"이제 백우십성단과 회주를 상대해야 하는데, 사비가 없으면 어떻게 될까? 너와 일비만으로 상대해야 할 텐데?"

"기어코 배신하려는 거냐?"

"네놈들이 백리극 공자님을 죽일 때부터 나를 밀어낸 것이나 마찬가지다."

"한심한 년! 남자에 빠져서 사리 분별도 못하는군."

삼비가 땅바닥을 박차고 몸을 띄웠다가, 이비가 손에 힘을 주는 걸 보고 채 반도 가지 않고 착지했다.

쾅!

신경질적으로 바닥을 내려찍은 삼비는 이를 으득 갈았다.

"어서 꺼져라."

그 말에 이비는 사비를 들어 올리고, 백리극의 시신을 둘러 멘 채 입구를 향해 몸을 날렸다.

"크흑!"

발가벗은 채로 딸려 간 사비는 이비가 계단을 오르는 순간 땅에 내팽개쳐졌다.

그는 힘겹게 팔로 땅을 기어 다시 핏빛 연못으로 들어갔다.

첨벙!

그곳에서 튀긴 물을 뒤집어쓴 삼비는 콧김을 씩씩 내뱉고 있었다.

＊　＊　＊

남쪽 땅의 우측 경계는 달랑 사람 몇 명 세워 놓은 것이 끝이었다. 그곳과 맞닿아 있는 동쪽 땅은 이미 북쪽 땅으로 쳐들어

갔으니, 남쪽 땅에 쳐들어오지 않을 거라 예상한 것이다. 북쪽과 동쪽의 전쟁이 이리 일찍 끝난 줄도 모르고 말이다.

그래서 백리운과 제천검원의 검사들은 사람 몇 명 처리하는 것을 끝으로 수월하게 남쪽 땅으로 넘어올 수 있었다. 평소라면 절대 꿈도 못 꿀 일이었다.

백리후가 앞서 나가며 좌우를 살펴봤다.

"거리가 한산합니다."

"그럴 테지. 모두 서쪽 땅의 침략을 막으러 갔을 테니."

그래도 혹시 모를 위협에 제천검원의 검사들은 계속 고개를 두리번거렸지만, 백리운은 이 일대에서 아무런 기척도 느껴지지 않는 걸 느끼고 앞만 보고 걸었다.

"어디로 먼저 가실 생각입니까?"

"우원보로 가지."

백리후가 멈칫 놀랐다.

"제천검원만으로는 무리일지도 모릅니다."

"어차피 우원보는 텅 비어 있을 것이다. 서쪽 땅을 상대로 전력을 남겨 두는 어리석은 짓은 안 할 테니."

"하면 왜 우원보로……."

"빈집을 친다. 사람은 없어도 문파는 그대로 있으니."

애초에 백리운의 목적은 삼비와 손을 잡은 고웅천이었다.

'내력을 반이나 고무진에게 줬다는 것은 곧 일선에서 물러난다는 뜻. 그럼 이런 전쟁에 참여했을 리 없다. 필시 우원보에 그

대로 있을 터.'

그를 제외하곤 북쪽 땅에서는 누가 비와 손을 잡고 있는지 몰랐다.

일단 확실한 것은 고웅천 하나였고, 또한 제일 큰 놈이기도 했다.

'우원보의 수장씩이나 되는 놈이 비와 손을 잡다니.'

백리운은 내심 혀를 차며 저 중심에서 붉은 비단을 휘날리는 혈번성을 향해 쭉쭉 나아갔다.

우원보의 대문은 묵을 갈아 넣은 듯 새카맣고 무거운 철로 되어 있어서 상당히 육중해 보였다. 평소라면 그 문을 열 때 꽤 나 시끄러운 소리가 들렸겠지만, 지금은 전시 중이라 그런지 지 키는 이 하나 없이 반쯤 열려 있었다.

그만큼 급하게 나갔다는 뜻이리라.

그런데 그 문 앞에 선 백리운이 잠시 멈칫했다. 안에서 인기 척이 들렸기 때문이다.

'남아 있는 인원이 생각보다 꽤 많군.'

하지만 백리운은 거리낌 없이 발로 그 거무튀튀한 철문을 밀 었다.

끼이이익.

낡은 마찰음이 울리며 철문이 완전히 열리고 백리운이 안으 로 들어갔다. 그리고 그를 따라 백리후와 제천검원의 검사들이 거침없이 안으로 몸을 밀어 넣었다.

그들 역시 안에 있는 기척을 느낀 듯 안으로 들어오자마자 궁신탄영의 수법으로 쏜살같이 튀어 나갔다.

"누, 누구냐!"

"알 것 없다."

비호처럼 날아든 백리후가 소리친 자를 향해 검을 휘둘렀다. 서걱!

머리가 튀어 오르며 공중에서 빙그르르 돌았다. 그리고 그 아래에서 피가 활화산처럼 터져 나오며 백리후의 검에 튀었다. 하지만 그는 개의치 않고 눈앞의 적들을 향해 재차 검을 휘둘렀다.

"침입자다!"

"막아라!"

우원보의 무인들이 곳곳에서 줄줄이 쏟아져 나왔다. 하지만 남아 있는 인원은 얼추 서른 명 정도뿐이었다. 그리고 그중에는 백리후의 관심을 끌 고수가 세 명 남짓 있었다. 그래도 백아사 천 중 하나라고 개개인의 힘 차이는 크게 나지 않은 듯했다.

하지만 제천검원의 인원은 백 명이다.

백리후를 비롯한 제천검원의 검사들은 한 치의 망설임도 없이 그들을 향해 몸을 날렸다.

순식간에 일어난 작은 격전.

그 속에서 백리운만이 평온하게 서서 우원보 중심에 놓여 있는 혈번성을 올려다봤다.

'고웅천.'

혈번성의 맨 위층 창문에서 뒷짐을 지고 바깥을 바라보고 있는 고웅천이 보였다.

그 역시 덤덤한 눈빛으로 백리운을 내려다보고 있었다.

스슥!

천 자락이 스치는 소리만 남기고 백리운의 신형이 사라졌다.

"생각보다 빨리 다시 보게 되는군."

고웅천은 계속 창밖만 바라본 채 입만 뻥긋거렸다. 그리고 뒷짐도 풀지 않았다. 자신의 뒤에 백리운이 서 있다는 걸 느끼고도 말이다.

"내가 왜 왔는지 알고 있나?"

"서쪽 땅을 도와 남쪽 땅을 무너뜨리려는 게 아닌가?"

"잘못 짚었군."

"그럼 무슨 이유로 제천검원까지 이끌고 여기까지 쳐들어온 것이지? 그것도 서쪽 땅이 반대쪽에서 온 시선을 잡아끌 때 말이야."

백리운은 짤막하게 한마디 내뱉었다.

"삼비."

"자네도 그놈들을 알고 있었군."

"어쩌자고 그놈들과 손을 잡은 거지?"

"그건 또 어떻게 알았나? 단순히 그들의 존재를 아는 것만으로는 거기까지 알아내는 건 불가능한 일일 텐데."

백리운이 피식 웃었다.

"아직도 상황 파악이 안 되나 보군. 나에게 질문도 하고 말이야."

"뒷방 노인네가 얼마 못 살 목숨을 구걸할 것 같은가?"

"얼마 못 살 목숨인데, 저 탑에서 뭘 그리 원하는 게 있는 거지?"

"내가 말할 것 같은가? 그리고 그건 나를 위해서가 아니네. 우원보를 위해서지."

"목숨보다 문파가 더 중요하다, 이건가?"

고웅천이 코웃음을 쳤다.

"이미 자식에게 내공을 오 할이나 주었네. 문파보다 내 목숨이 중요하다고 생각했다면 처음부터 주지도 않았을 걸세."

"그렇게까지 감추려고 하니 더욱 궁금해지는군."

"자네가 어떤 짓을 해도 소용없네. 저 탑에 무엇이 있는지 말해 줄……."

말을 하던 고웅천이 돌연 뒤돌아서며 백리운을 빤히 노려봤다.

"이제 보니 자네, 나를 가지고 놀았군. 내가 삼비와 결탁한 것을 알고 있으면서 그걸 모른다는 것은 말이 되질 않지."

"들켰군."

백리운이 어깨를 으쓱거리자, 고웅천이 크게 숨을 들이쉬었다. 마음을 진정시키기 위함이었다.

　"도대체 그런 걸 어떻게 안 건가? 자네도 그놈들과 손을 잡은 건가?"

　"그럴 리가?"

　"그럼 내가 그놈들과 결탁한 건 어떻게 알았지?"

　"말귀를 못 알아듣는군. 아직도 나에게 질문을 하는 걸 보면……."

　그 차디찬 목소리에도 고웅천은 꿈쩍도 하지 않았다.

　"나도 말하지 않았나? 내 목숨 따위 중요치 않다고."

　"한 가지 더 말했지. 너의 목숨보다 문파가 중요하다고."

　처음으로 고웅천의 눈빛이 흔들렸다.

　"자네 혼자 본문파를 상대할 수 있을 것 같나?"

　"이런, 아직도 모르고 있었군. 이래서 전쟁이 위험한 거야. 중요한 소식을 들을 틈이 없으니."

　"무슨 소리를 하는 거지?"

　"내가 지금 이 자리에 어떻게 있는 것 같지? 분명히 아침에 내가 북쪽 땅에 쳐들어갔다는 소식을 들었을 텐데."

　"그야……."

　고웅천이 입만 떼고 말은 잇지 못했다. 그에 백리운이 씩 웃었다.

　"전쟁은 끝났다."

"허튼소리. 사사천구끼리의 전쟁이 이리 빨리 끝날 리 없다."

"내가 혼자서 현월교를 무너뜨렸거든."

"그걸 믿으라고 하는 말인가? 개인에게 백아사천의 문파가 무너질 것 같으면 지금까지 그 명맥이 이어지지도 않았다."

"이미 나시우는 나에게 충성을 맹세했지."

그 말에 고웅천이 성큼성큼 방을 가로질러 북쪽 땅이 보이는 창문 앞에 섰다.

저 멀리 희미하게 보이는 북쪽 땅.

고웅천은 눈에 내력을 불어넣어 시력을 극대화시켰다. 그리고 그 순간, 온몸을 한 차례 움찔 떨었다.

"사실이었군."

충격을 받은 듯 고웅천은 얼이 빠져나간 표정으로 뒤돌아봤다.

"이제야 내 말을 들을 준비가 된 것 같군."

"북쪽 땅과 결탁하고 꾸민 일일 수도 있지. 전쟁을 벌인 것처럼 포장만 한 걸지도."

"직접 북쪽 땅을 봤으면, 저 꼴이 그냥 포장만 한 건 아니란 걸 알 텐데."

"그 무엇도 자네가 혼자서 현월교를 무너뜨렸다는 증거는 될 수 없네. 그저 자네가 말로 나를 속여 넘기려는 수작일 수도 있고."

믿지 않는 그의 태도에 백리운이 피식 웃었다.

"어느 쪽이든 우원보엔 좋을 게 없지. 내가 혼자 현월교를 무너뜨렸든, 아니면 현월교와 내가 손을 잡았든 말이야."

"······."

"네 말대로 내가 현월교와 손을 잡고 꾸민 일이라면, 지금 남쪽 땅은 고립된 거나 마찬가지지. 어느 쪽이든, 남쪽 땅의 입장에서 보면 크게 달라질 게 없는 것 같은데."

서쪽 땅은 이미 쳐들어왔고, 북쪽 땅과 동쪽 땅이 같이 움직인다.

그의 말대로 남쪽 땅은 고립무원에 빠진 것이나 다름없었다.

고웅천이 노기 어린 눈으로 쳐다보기만 하자, 백리운이 싱긋 웃었다.

"이번에는 남쪽 땅이 가장 먼저 탈락하겠군."

"나에게 무엇을 원하나?"

"네가 얻고 싶다는 달의 힘이라는 거에 대해 자세히 말해 봐라."

"네놈도 그 힘에 관심이 생긴 것이냐?"

"질문은 나만 한다고 했을 텐데."

고웅천은 별 고민 없이 말했다.

"저 탑에는 백우회의 시초가 남긴 달의 힘이 잠들어 있다는 것만 알고 있다."

"그것뿐인가?"

"내가 아는 건 그것뿐이다."

"그 힘이 어떤 것일 줄 알고 함부로 비와 손을 잡은 거지?"

"본보의 선조가 직접 증명한 힘이다. 그 힘은 이 세상에 존재하는 어떤 것보다 위대하다고 적혀 있었다."

백리운이 삐딱하게 고개를 꺾으며 그를 바라봤다.

"그렇게 대단한 힘이라면, 왜 그동안 회주가 취하지 않았을까? 지금껏 백우회의 역사상 그런 힘을 쓰는 회주는 듣도 보도 못했는데 말이야."

"……."

"왜 지금까지 그 힘이 남아 있을 거라 생각한 거지?"

고웅천이 아무 말도 하지 않자, 백리운의 입꼬리가 쭉 올라갔다.

"아직까지 남아 있을 거라 생각하는 이유가 있나 보군."

'나도 잘 모른다고 말하지 않았나?'

"소림과 당가를 끌어들이고 지난 몇백 년간이나 저 탑에 오르려고 연구했다는 것은, 네놈뿐만 아니라 네놈의 선조들까지도 수없이 노력했다는 건데……. 어째서 우원보의 보주들은 하나같이 회주가 그 힘을 갖지 않고 계속 놔두고 있을 거라 생각한 걸까?'

순식간에 파고드는 날카로운 말에 고웅천의 심기가 불편해졌다.

"……."

"말하지 않을 생각인가?"

끝까지 입을 열지 않자 백리운이 창가로 다가가 아래를 내려다봤다.

바깥 상황은 이미 제천검원의 검사들이 서른 명 남짓한 우원보의 무인들을 제압하고 한곳에 몰아넣은 직후였다. 그중에는 사상자도 있지만, 대부분이 살아서 점혈만 당한 채 꼼짝 못하고 있었다.

"잘 보도록."

백리운이 창밖으로 손을 뻗었다.

팔의 반 이상이 창밖으로 나가 있으니, 고웅천은 그의 손에서 순수한 광채가 한 차례 번쩍인 것만 볼 수 있었다.

그리고 그 순간…….

콰콰콰콰쾅!

상상도 할 수 없는 엄청난 폭음이 우원보 전체를 뒤흔들었다.

그리고 들려오는 고요.

아무런 소리도 들리지 않았다.

그 순간, 고웅천은 온몸의 피부가 뜯겨져 나갈 것 같은 기분이 들었다.

바깥의 고요가 숨이 막히도록 목을 조여 왔다.

그때, 백리운이 창가에서 물러나며 손으로 가리켰다.

"얼마든지 구경하도록."

"······."

그 말에 뭐에 홀린 사람처럼 고웅천은 멍한 표정으로 창가에 다가갔다.

그리고 저 아래의 참혹한 광경을 두 눈으로 직접 확인했다.

깊숙이 파인 구덩이 안에 잘게 부서진 살점들이 사방에 흩어져 있었다. 그리고 그 구덩이 안으로 핏물이 흐르며 점점 고여갔고, 그 위로 자잘한 뼛조각들이 듬성듬성 떠올랐다.

그 구덩이 주변에서 자신처럼 멍한 눈으로 구덩이를 바라보는 제천검원의 검사들이 있었다. 그런데 그 어디에도 우원보의 무인들은 보이지 않았다.

그 일격으로 서른 명이 죽은 것이다.

제7장
일비와 만나다

"어찌 이런 일이……."

무림의 최정상에 올라 있는 우원보의 무인들이다.

그런 그들이, 한두 명도 아니고 서른 명이 이리 허무하게 죽을 수도 있단 말인가?

고웅천이 비틀거리며 창가를 두 손으로 잡았다.

부르르.

그 손은 주체할 수 없을 만큼 떨리고 있었다.

그때, 백리운이 옆에 서며 창밖으로 한마디 내던졌다.

"시작해라."

뚝 떨어진 백리운의 목소리에 제천검원의 검사들이 정신을 차리고 사방으로 퍼져 나가더니 건물들을 향해 검을 휘두르기 시작했다.

식량이 쌓여 있는 창고라든지, 아니면 무기가 한 가득 있는 병기고라든지.

그런 주요 건물들이 제천검원 검사들의 목표였다.

저런 것들을 무용지물로 만들면 남쪽 땅은 안에서부터 무너질 것이다.

그 광경을 위에서 내려다보고 있는 백리운이 조곤조곤 입을 열었다.

"이제야 내 말을 믿을 건가?"

"……."

"네가 말하지 않으면, 나는 고무진을 잡아다가 네놈이 보는 앞에서 죽일 것이다. 그것도 최대한 고통스럽게. 그다음에는 우원보의 무인을 잡아다가 네놈이 보는 저 아래에서 차례대로 죽일 것이다. 그렇게 우원보를 조금씩 무너뜨릴 것이다. 네가 보는 앞에서 말이다."

고웅천이 비참한 얼굴을 하고선 고개를 반쯤 떨궜다. 갑자기 지난 기억이 마구 떠오른 탓이다.

남쪽 땅의 주요 세력이었던 혈루의 살수들이 백리운 하나에 죽어 나갔다. 장로원에서, 당가에서, 수백 명이 죽고 혈루가 멸

문했다. 그때 알아차렸어야 했다. 이놈이 괴물이란 걸 말이다.

'그때는 그저 고무진과 비견되는 정도일 줄 알았건만.'

이제 와서 후회해 봤자, 돌이키기엔 늦었다.

고웅천은 눈을 딱 감고 입을 열었다. 그 힘을 얻을 수 없어도 문파가 멸문당하는 것만은 막아야 했다.

"그 달의 힘은 아무나 취할 수 있는 게 아니네."

"그럼?"

"기존에 가지고 있던 힘을 버려야만 그 힘을 취할 수 있네. 그러지 않으면 몸이 버티지 못하고 무너지지. 그리고 아주 비참한 죽음을 맞게 되네."

그 말에 백리운의 눈빛이 크게 흔들렸다. 하지만 눈을 감고 얘기하느라 그것을 보지 못한 고웅천은 계속해서 말을 이어 갔다.

"그러다 보니 회주들도 그 힘을 취하지 못한 걸세. 그렇다고 그 힘에 대한 확신 없이 자신의 내공을 포기할 멍청이는 없으니."

"그럼 지금까지 우원보의 보주들은 그 힘에 대한 확신이 있어서 그 힘을 원했던 거 아닌가?"

"과거에 저 탑을 세웠던 우원보의 선조는 그 힘을 보고 직접 기록해 놓았다."

"뭐라 적혀 있었지?"

그 말에 고웅천이 눈을 뜨며 천천히 말했다.

"이 세상에 존재해서는 안 될 힘이라더군."

"생각보다 시시하군."

고웅천이 피식 웃었다.

"그 시시한 힘에 맞서다가 우원보의 선조가 반평생 불구로 살아야 했다. 그리고 백우회 시초의 말을 듣고 꼼짝없이 저 탑을 세워야 했지."

"다들 의기투합해서 백우회를 세운 줄 알았건만."

"백아사천의 장문인 정도 되면, 그 시대에 손꼽히는 강자들이네. 그런 자들이 하릴없이 하나로 뭉칠 이유가 있겠나? 누군가 억지로 하나로 모은 게지."

"백우회의 시초가 그 힘을 가지고 백아사천의 수장들을 눌렀다?"

고웅천이 고개를 저었다.

"백아사천의 수장들이 아니네. 그중 하나가 백우회의 시초이니."

"누가 말인가?"

"그건 나도 모르네. 선조가 기록한 건 거기까지일 뿐이니. 하지만 저 탑 안에는 기록되어 있겠지."

"그렇군."

백리운이 고개를 끄덕이며 수긍하자, 고웅천이 그를 빤히 쳐다봤다.

"이제 뭘 어쩔 셈이지?"

"어쩌긴, 여기 온 목적을 이뤄야지."

"약속하지 않았나? 대답해 주면 우원보는 건들지 않기로. 어서 제천검원의 검사들을 물리게."

"내 목적은 우원보가 아니라 네놈의 목숨이다."

고웅천의 눈빛이 흔들렸다.

"그런 거였나?"

"북쪽 땅과 동쪽 땅에서 비와 손을 잡은 놈들을 모조리 처리했지. 서쪽 땅과 남쪽 땅에선 누가 손을 잡았는지 알 수 없었다. 너를 제외하곤 말이지."

"그랬군."

"뭐, 목숨에 미련이 없다고 했으니 반항하진 않겠지."

고웅천이 옅은 미소를 머금었다.

"지금 자네의 행동은 회주들이 하는 것과 똑같군."

"무슨 소리지?"

"지금껏 회주들은 비와 결탁한 자들을 쳐 내고 비를 죽이려 했지. 그리고 지금 네가 그 행동을 그대로 따라 하고 있군. 마치 회주라도 된 것처럼 말이야."

백리운이 아무 말도 없이 빤히 바라보기만 하자, 고웅천이 팔을 넓게 벌렸다.

"마음껏 죽여라. 나 하나로 끝나면, 그것으로 족하다."

그는 조금도 위축된 기색 없이 당당하게 백리운을 바라봤다. 그리고 그가 조용히 손을 뻗어 자신을 향해 내밀어도 눈 하나 깜빡하지 않았다.

그런데 그 손끝에 떠오른 샛노란 달 하나를 보더니 눈을 부릅뜨는 것이 아닌가?

그는 실핏줄이 터질 만큼 눈에 힘을 주었다.

"어찌 저게……."

그 순간, 고웅천은 머릿속에서 선조가 남긴 달의 힘을 묘사한 구절이 떠올랐다.

이 세상에서 가장 아름다운 광채로 뒤덮여 있다.

그래서 그 달을 본 순간, 누구라도 그 달에 매료되어 넋을 잃고 멍하니 쳐다보게 된다.

그러면 어느새 다가와 몸속으로 들어오는데…….

그때부터는 그 아름답던 광채가 지옥의 불길처럼 느껴진다.

묘사 그대로였다.

"끄아아아아!"

고웅천은 목에 핏대를 세우며 미친 듯이 비명을 질렀다.

어느새 달이 그의 몸속으로 들어가고 있었다.

＊　＊　＊

콰르르!

전각이 무너지며 잔해가 사방으로 튀었다.

그 앞에 서 있던 백리후는 피하지 않고 검만 휘둘러서, 잔해
들을 모조리 쳐 냈다.

그런데 검을 휘두르는 백리후의 고개가 다른 곳을 향해 있었
다.

우원보 중심에서 붉은 비단을 펄럭이는 혈번성의 꼭대기에
그의 시선이 머물렀다.

'조용하군.'

그의 시선이 아래로 내려와 피가 잔뜩 고여 있는 구덩이로
향했다.

그곳에서 피비린내가 올라오고 있었다.

'뭐였지, 그건……'

백리후는 아까 자신의 눈앞으로 떨어진 초승달 모양의 강기
를 생생히 기억했다.

벼락처럼 내리꽂힌 초승달이 무려 서른 명이나 되는 우원보
의 무인들을 단숨에 산산조각 내 버렸다.

그건, 무정검이라 별호가 붙은 백리후조차 소름이 끼칠 만큼
끔찍한 광경이었다.

'저기서 뭘 하고 계신 걸까?'

그 뒤로 지금까지 조용하기만 했다.

혹시나 또다시 그 초승달 모양의 강기가 떨어지지 않을까 여
간 신경 쓰이는 게 아니었다.

"별일 없겠지."

백리후는 눈앞에 쌓여 있는 잔해 더미에서 사방에 퍼져 있는 제천검원의 검사들을 훑어봤다. 자신처럼 건물 하나를 통째로 무너뜨리진 않아도, 최소한 당분간 쓸 수 없게 망가뜨리긴 했다.

기둥을 부순다거나, 병기의 날을 반으로 잘라 놓는다든가.

저것만으로도 어느 정도 전쟁 자원을 끊어 놓을 수 있을 것이다.

백리후가 검에 묻은 먼지를 털어 내고 검집에 집어넣었다.

"끄아아아아!"

그 순간, 갑자기 들려오는 비명 소리.

백리후는 고개를 들어 혈번성의 꼭대기를 쳐다봤다.

'고웅천의 목소리?'

그 비명 소리가 혈번성 전체를 울리는가 싶더니, 갑자기 뚝 끊겼다.

그리고 돌연 혈번성의 문이 열리는 게 아닌가?

"다 끝났나?"

태연히 걸어 나오며 상황을 묻는 젊은 사내, 백리운이었다.

"예, 식량과 병기 위주로 처리했습니다."

"그럼 이만 가지."

백리운이 발을 쭉 뻗어 밖으로 향하자, 우원보 전체에 퍼져 있던 제천검원의 검사들이 속속들이 나타나 그의 뒤를 따라붙었다.

하지만 마지막에 들린 그 비명 소리가 마음에 걸렸는지, 백리후는 제일 늦게까지 남아 혈번성을 몇 번이고 쳐다보다가 뒤늦게 나왔다.

그들이 나가고 우원보에선 간간이 바람 소리만 들려올 뿐, 아무런 소리도 나지 않았다.

마치 폐허처럼 말이다.

＊　　＊　　＊

한편, 동쪽 땅까지 도망쳐 나온 종무도는 복잡한 골목길로 몸을 숨겼다. 괜히 빠르게 도망친다고 지붕 위를 날아다녔다간, 뒤쫓아 오는 일비에게 금세 발각되리라.

"으음."

옆구리에 베인 상처에서 피가 꾸역꾸역 흘러나왔다.

골목길 담장에 등을 기대고 옷자락을 찢어 상처 부분을 감싼 뒤 꽉 묶었다.

최소한의 지혈을 한 것이다. 하지만 그것은 응급조치일 뿐, 조금이라도 격하게 움직이면 다시 피가 터져 나올 것이다.

"윽!"

몸을 움직이려 하자, 옆구리에 쿡 찔리는 듯한 통증이 느껴졌다.

그러나 그보다 더한 문제는, 스스로 잘라 버린 오른팔 때문에 어깨에서 느껴지는 고통이었다.

그곳에선 너무 많은 피가 흘러내려 탑에서 나오기도 전에 곧바로 지혈을 했다. 하지만 고통은 여전했다.

무엇보다 팔이 하나가 없으니 몸의 균형을 맞추기 힘들어 자주 휘청거렸다.

그래서 잠시 적응하고자 담장에 등을 기대고 몸을 좌우로 움직였다.

그렇게 차차 몸의 균형을 맞춰 가고 있을 때였다.

"장문인!"

사령신문의 살수들인 비령, 우령, 화령이 주변 지붕에서 떨어져 내렸다.

"너희들은 여긴 어찌 알고 왔느냐?"

"제천검원이 빠지면서 저희들이 대신 동쪽 땅의 경계를 서고 있었습니다. 그러다가 장문인이 급히 골목길로 들어가시는 걸 보고 따라온 것입니다."

"일단은 기척을 갈무리하고 몸을 숨기거라."

그 세 명의 제자가 동시에 기척을 죽이고 담장에 딱 붙었다. 그리고 비령이 말 대신 전음으로 물었다.

[무슨 일이십니까?]

[일비가 쫓아오고 있다.]

그 전음이 끝나기 무섭게 그들의 주변으로 일비가 들어섰고, 일비는 처마 끝에 앉아 기감을 전 방위로 퍼뜨렸다.

"쥐새끼 같은 놈. 그새 도망친 건가?"

기감에 잡히는 게 없자, 일비는 동쪽 땅 중심에 솟아 있는 백리세가를 보고 멈칫했다.

"틀림없이 저곳으로 갔겠지?"

삼비에게 들은 것으로 보아, 종무도는 백리운의 밑에서 움직이고 있다.

그렇다는 것은 백리운이 있는 곳에 종무도가 있다. 더군다나 지금처럼 상처를 입었을 때라면 더욱이 자신이 믿을 수 있는 자에게 갔을 것이다.

일비는 지체 없이 몸을 날렸다.

그런데 그의 뒷모습을 보며 종무도가 소리쳤다.

"제길!"

그가 몸을 날린 방향은 우당각이다.

지금 우당각엔 백리운은 없고 다른 사람들만 있을 뿐이다.

"어서 우당각으로 가자꾸나. 일비를 막아야 한다."

비령과 우령, 그리고 화령도 상황의 심각함을 깨닫고 즉시 몸을 날렸다. 종무도 또한 살쾡이처럼 튀어 오르며 지붕을 밟고 우당각을 향해 쭉쭉 나아갔다.

이제 어깨 따위 신경 쓰지 않는다는 듯 그는 상반신을 앞으로 쭉 내뺐다.

'늦으면 태제의 사람들이 다친다.'

후우우!

곽가량이 눈살을 찌푸리며 고개를 들었다. 저 멀리 하늘에서 엄청난 파공음이 울렸기 때문이다.

"뭐지?"

무언가 길게 꼬리를 그리며 날아오고 있었다. 그런데 좀처럼 그 정체를 알아볼 수 없었다.

곽가량은 눈 깜짝할 사이에 백리세가의 담장을 넘어 이 앞까지 다가온 걸 보고 눈을 부릅떴다.

"……!"

곽가량이 놀라 손을 들어 앞으로 쳐 밀었다.

타닥!

둔탁한 타격음.

마치 바위를 두드린 것 같았다.

그런데 정작 가격한 곳을 바라보니, 사람은 보이지 않았다.

'지척까지 다가왔는데.'

그때, 곽가량의 왼쪽 어깨를 한 발로 사뿐히 밟으며, 일비가 모습을 드러냈다.

분명 어깨를 밟고 있는 감촉이 느껴지건만, 그 무게는 한 줌 모래보다 가벼웠다.

꿀꺽.

곽가량은 자신도 모르게 침을 삼켰다.

자신의 어깨를 밟고 서 있음에도 아무것도 못할 만큼 엄청난 위압감을 받았다.

"그대가 이곳의 문지기인 곽가량이오?"

"그렇소."

"하면 지금 이 안에 누가 있는지 말해 주시겠소?"

"내가 그걸 말할 것 같소?"

곽가량이 왼쪽 어깨를 강하게 들썩였다. 그에 그 어깨를 밟고 있던 일비가 위로 살짝 올라갔다가 다시 내려왔다.

그런데 그 순간······.

쾅!

곽가량이 앞으로 고꾸라지며 그의 왼쪽 어깨가 땅에 처박혔다.

그리고 그 처박힌 어깨 뒤편을 일비가 뒷짐을 지고 발로 꾹 눌렀다.

"끄아아아!"

곽가량은 얼굴이 새빨갛게 달아올라 미친 듯이 비명을 질렀다.

하지만 점점 더 깊게 박히는 어깨 때문에 일어설 엄두도 내지 못했다.

"그대가 말하기 싫다면 내가 직접 알아보겠소."

일비는 사뿐히 다른 쪽 발을 들어 그의 머리통을 세게 내리찍었다.

쾅!

땅바닥에 처박혀 버린 머리.

더 이상 비명도 지르지 않았고, 부르르 떨지도 않았다.

완전히 기절한 것이다.

일비는 그의 몸에서 내려오며 의외라는 듯 곽가량을 내려다 봤다.

"……."

자신은 분명 죽으라고 내려찍은 것이었는데, 곽가량이 몸에서 본능적으로 일어난 호신강기 때문에 충격이 완화됐다. 그래서 죽지 않고 기절한 것이다.

일비는 잠시 그를 내려다보며 고민했다.

만약, 우당각 안에서 신경을 거슬리게 하는 기척이 아니었다면 분명 곽가량을 끝까지 처리했을 것이리라.

'누구지?'

우당각 안에 묘하게 익숙한 기운이 있었다.

그에 일비는 우당각의 문을 열고 안으로 들어가 그 기운을 따라 걸음을 옮겼다.

드넓은 내부에 그의 발소리가 또각또각 울렸다.

"백리운은 없나 보군."

그는 우당각 중심에 높게 솟아 있는 지대 위에 섰다. 그곳에는 달랑 의자가 하나 놓여 있었는데, 한눈에 봐도 백리운의 것임을 알 수 있었다.

"나오시오."

일비의 시선이 그 의자 뒤로 넘어갔다. 그러자 우당각을 크게 울리는 발소리와 함께 염악종이 걸어 나왔다.

"네놈은 뭐냐?"

"아마도 그대가 염악종이겠구려."

"흠흠, 이 어르신의 존함을 어디서 들어 봤나 보군."

"백리운에게 산적 출신의 시종이 있다고는 들었소."

"그러는 네놈은 누구냐? 주인도 없는 집에 함부로 들어오고."

"일비."

그 짤막한 말에 염악종의 눈썹이 들썩였다.

"네놈이 일비구나?"

"백리운은 어디 있소?"

"보면 모르냐? 여기에 없다."

"그럼 종무도는 어디 있소?"

염악종이 짧게 침음을 흘렸다.

"그것까지 알았단 말이지?"

"어서 대답하시오. 종무도는 어디 있소?"

"흐흐. 이놈아, 네가 요령껏 찾아봐라."

그 말에 눈가를 가늘게 좁힌 일비가 한 발 내디뎠다.

스슥.

그 자리에서 사라지는 신형.

그와 동시에 염악종이 씩 웃더니 오른쪽으로 주먹을 내질렀다.

턱!

아무것도 없는 허공에서 그 주먹을 잡고 있는 일비의 모습이 나타났다.

그런데 자신의 움직임이 잡혔음에도 그는 표정 변화 하나 없었다.

"흐흐! 어딜 가려고?"

"……."

일비는 말없이 그를 쳐다봤다. 그러자 염악종이 자신의 주먹을 잡고 있는 그의 손을 눈짓으로 가리켰다.

"그거, 계속 잡고 있으려고?"

그 순간, 염악종의 주먹에서 검은 연기가 불길처럼 치솟았다.

치치치칙!

그 검은 연기는 불길한 기운을 머금고 일비의 손바닥을 마구 지져 댔다.

그런데도 일비는 그의 주먹을 놓지 않고 그 기운을 빤히 바라봤다.

'뭐지?'

일비가 그 주먹을 밀어내듯 놓으며 자신의 손바닥을 내려다봤다.

불길에 그을린 것처럼 거무튀튀한 기운이 손바닥에 남아 자신의 내력을 태우고 있었다.

'이런 무공도 있나?'

그가 표정을 굳히고 있을 때였다.

후우욱!

그의 옆에서 묵직한 바람이 일어나더니 그의 얼굴을 덮쳐 갔다.

검은 연기에 뒤덮인 바위처럼 투박한 손바닥!

그것은 당연히 염악종의 것이었다.

스윽!

뒤로 미끄러진 일비가 자신의 눈앞에서 허공을 덥석 쥐는 염악종의 손을 자세히 들여다봤다.

보면 볼수록 신기한 기운이었다.

'어디 한번……'

일비가 힘을 줄여 최대한 염악종에게 맞춘 상태로 주먹을 내질렀다.

밋밋한 주먹질.

그러나 염악종은 기다렸다는 듯이 미끼를 물었다.

한 손으로 일비의 주먹을 덥석 잡은 것이다.

꽈악!

자신의 최대 장기인 힘으로 그 주먹을 부서뜨리려고 했다.

"으흐흐! 두 번 다시는 그 손을 못 쓰게 해 주마."

염악종의 기세가 커지자, 그의 손을 감싸고 있는 검은 연기도 거세졌다. 그와 동시에 얼굴이 일그러질 만큼 힘을 쏟아 냈건만……

일비의 표정은 평온했고, 그의 주먹 또한 멀쩡했다.

"그런 무공은 어디서 배웠소?"

"흥! 네놈이 알 바 아니다."

염악종은 일비의 주먹을 밀어내며 뒤로 훌쩍 몸을 물렸다. 그런데 그때, 일비의 신형이 엿가락처럼 늘어지며 앞으로 쭉 나아가는 것이 아닌가?

순식간에 바람처럼 파고든 일비가 염악종의 명치에 벼락같은 일장을 내질렀다.

펙!

그 거대한 덩치의 염악종이 뒤로 크게 밀려났다. 그러고는 뒤로 넘어질 것처럼 휘청거렸는데, 일비가 그 틈을 노리고 또다시 거리를 좁혀 왔다.

그와 동시에 염악종의 가슴팍과 복부로 수많은 주먹이 꽂혔다.

퍼퍼퍼퍼펙!

순식간에 손이 여러 개로 분열된 것처럼 일비의 주먹이 보이지 않았다.

그가 다가왔다고 느꼈을 때는 이미 몸이 뒤로 붕 뜬 뒤였다.

콰앙!

눈부신 속도로 날아가 구석에 처박힌 염악종이 곧바로 몸을 일으켰다. 하지만 가슴팍과 복부에서 느껴지는 통증 때문에 제대로 서 있는 게 힘들었다.

"끄윽!"

염악종이 몸을 일으키자마자 고개를 들었는데, 눈앞에 또 일비가 있는 게 아닌가?

언제 다가오는지도 몰랐다.

"비, 빌어먹을 새끼."

욕지거리가 절로 나왔다.

"종무도는 어디 있소?"

"흐흐흐. 누가 보면 종무도가 좋아서 쫓아다니는 줄 알겠네. 이 새끼야, 여기서 실컷 들쑤시고 다녀 봐라. 그놈의 코빼기도 볼 수 없을 테니."

"……."

일비가 염악종을 뚫어져라 쳐다봤다.

스윽.

어느새 올라온 그의 손이 염악종의 목을 노리고 찔러 들어갔다.

그런데 그 순간…….

쉬앙!

위와 좌우에서 검광이 동시에 번쩍였다.

각기 다른 방향에서 날아온 검광이 일비의 손앞에서 부딪쳤다.

챙!

손이 잘려 나가기 직전 일비는 손과 함께 몸을 뒤로 빼내고는 앞을 똑바로 바라봤다.

"사령신문?"

복면을 뒤집어쓴 세 명의 살수가 염악종의 앞에서 꼿꼿이 서 있었다.

우령과 비령, 그리고 화령이었다.

그들 셋은 나타나자마자 곧바로 몸을 날리며 마환은령술을 펼쳤다.

눈앞에서 귀신같이 사라진 그들.

우령과 비령은 양옆으로 크게 호선을 그리며 일비의 좌우 옆구리를 노리고 쇄도했다. 그와 동시에 허공을 싹둑 끊어뜨리는 두 줄기의 검광이 일비의 상반신을 베어 갔다.

그런데 그게 끝이 아니었다.

공중으로 몸을 띄운 화령이 일비의 미간을 노리고 검을 찔러 넣었다.

일직선으로 쭉 들어오는 검끝.

대번에 머리통을 꿰뚫을 것이리라.

그러나 진즉에 일비는 뒤로 물러났고, 그가 있던 자리에서 세 자루의 검이 부딪쳤다.

채앵!

한 점에서 맞닥뜨린 세 자루의 검.

그중 위에서 온 화령의 검이 바짝 서더니 앞쪽으로 넘어가는 게 아닌가?

알고 보니 화령이 공중에서 몸을 회전하며 앞으로 쏜살처럼 튀어나간 것이었다.

이번에도 검을 쭉 찔러 넣으며 체중과 속력을 실었다.

이전 것보다 훨씬 묵직하다.

그런데 그 검 아래로 불쑥 올라오는 손이 있었다.

까앙!

그 검을 쳐 내고 뒤이어 올려차는 각법이 화령의 복부에 꽂혔다.

퍼억!

화령의 허리가 새우처럼 굽어지며 위로 퉁 튕겨져 나갔다.

그런 그녀의 앞으로 일비가 모습을 드러내며 팔꿈치로 그녀의 관자놀이를 후려쳤다.

빠악!

화령의 몸이 팽이처럼 돌며 엄청난 속도로 나가떨어졌다.

그녀가 떨어지는 곳으로 우령과 비령이 몸을 날려 그녀를 받아 냈다.

그러나 그 순간, 몸을 날린 일비에게서 한 줄기의 굳센 장력이 쏟아져 나와 금세 그들을 덮쳐 갔다.

굳세고 벼락처럼 빠르다.

그래서 그들은 고스란히 그 장력에 맞을 것만 같았다.

그런데 그때, 사람 그림자가 그 사이에서 솟아나더니 장력을 옆으로 쳐 내며 바깥으로 차올리는 각법으로 일비의 얼굴을 후려 찼다.

퍽!

일비의 얼굴이 옆으로 확 꺾이며 그의 몸도 덩달아 그쪽으로 빠졌다.

"……."

맞는 순간 고개를 돌려 피해는 최소한으로 줄였지만, 분명히 발등이 자신의 뺨에 닿았다.

그에 놀란 눈을 해 보인 일비가 정면을 쳐다봤다.

팔 한쪽이 없는 종무도가 새하얀 얼굴을 하고선 검을 들고 그곳에 서 있었다. 그런데 왠지 모르게 지쳐 보였다.

"어디에 숨어 있었소?"

"네놈이 알 바 아니다."

"어쨌든 이것으로 그대와 백리운이 관련이 있다는 것은 증명이 되었소."

"네놈은 여기서 살아 나가지 못할 것이다."

"그 몸으로 말이오? 할 수 있으면 해 보시오."

그 순간, 둘 사이의 공기가 급격히 가라앉았다. 그리고 주변이 완전히 고요해졌다.

누군가 손가락만 까닥여도 치열한 공방이 오고 갈 것이다.

그런데 그리 서로 노려보고 있는 가운데 우당각 안쪽에서 발랄한 목소리와 함께 한 여인이 튀어나왔다.

그 살벌한 분위기 속에서도 그녀의 얼굴이 돋보일 만큼 아름

다운 여인, 담가은이었다.

그녀는 이곳으로 폴짝 뛰어 들었다가 일비를 보고 고개를 빤히 들이밀었다.

"너는 누구야?"

"……."

말없이 그녀의 눈을 마주하던 일비가 급격히 눈을 크게 떴다.

그녀 또한 또랑또랑한 눈으로 일비를 쳐다봤다.

"우와, 나랑 똑같은 사람이 또 있네!"

"소저는 누구시오?"

"나? 담가은이라고 해."

그녀가 해맑게 웃으며 말하자, 일비가 빠르게 그녀의 몸을 훑었다.

"담가은이라면, 담대천의 손녀가 아니오?"

"응, 맞아. 우리 조부를 알아?"

일비의 눈빛이 크게 흔들렸다.

'자기 손녀를 우리처럼 만들다니……. 도대체 무슨 생각인 거지?'

일비는 잠시 그녀를 바라보다가 고개를 살짝 갸웃거렸다.

"그대는 지적 능력이 떨어지는구려."

"응? 그게 뭔데?"

"소저가 실패작이라는 것이오."

"뭘 실패해?"

그들에 대해 어느 정도 알고 있는 종무도는 이들의 대화가 직감적으로 위험하다는 걸 알았다. 그래서 담가은의 등을 가림판 삼아 몸을 낮추고 일비를 향해 뛰어들었다.

그런데 그 순간, 담가은이 돌아서며 종무도를 밀어냈다.

주르륵.

뒤로 미끄러진 종무도가 고개를 치켜들었다.

"소저, 이게 무슨 짓이오?"

"하지 마. 나랑 똑같은 사람이야."

"……."

담가은은 처음 본 우령과 비령에게 다짜고짜 덤볐듯이 강한 사람만 보면 싸움을 걸었다. 그런데 그녀는 일전에 이비를 보고도 가만히 있었다. 그녀가 자신과 닮았기 때문이다.

문제는 같은 이유로 자신과 똑같은 몸을 가진 일비를 보호하고 있었다.

그녀는 지금 일비에게 동질감을 느끼고 있는 것이다.

종무도가 심각하게 표정을 굳혔다.

'큰일이군.'

일평생을 숲 속에서만 산 탓일까?

그 동질감은 마치 자신의 가족을 만난 것처럼 친근했을 것이다. 일비가 그녀를 익숙하게 느끼듯이 말이다.

"소저, 나와 같이 가겠소?"

"어디로 가는데?"

"소저와 나 같은 사람들이 있는 곳이오."

"흐응."

그녀는 입술을 삐쭉 내밀고 눈 끝을 축 내렸다.

"왜 그러시오?"

"가고는 싶은데, 가면 안 돼."

"왜 안 된다는 것이오?"

"여기에 나와 혼인할 사람이 있어."

"설마, 백리운을 말하는 것이오?"

그녀가 고개를 힘차게 끄덕였다.

"응, 맞아. 어떻게 알았어?"

일비는 그녀를 안쓰러운 눈빛으로 바라봤다.

"안타깝지만, 백리운은 소저와 혼인하지 않을 것이오."

"왜? 나랑 혼인하려고 나 데리러 왔단 말이야."

"백리운은 소저나 나 같은 사람들을 죽이고 있소. 아마도 소저에게 볼일이 끝나면 소저를 죽이려 들 것이오."

"아니야, 그럴 리 없어."

일비가 그녀의 눈을 뚫어져라 쳐다보며 말했다.

"소저는 소저 본인이 무언가 이상하다고 생각하지 않소?"

"내가 이상하다고?"

일비가 우당각 안쪽으로 검지를 뻗었다.

그가 가리킨 곳에는 담가은을 따라 밖으로 나온 나설란이 초조하게 서 있었다.

"저기 있는 소저와 같이 있으면서 무언가 깨달은 게 없소?"

"없는데……."

"나는 이 백우회에서 오랫동안 살아왔소. 하지만 소저의 존재만 알고 있을 뿐, 소저를 실제로 본 적은 이번이 처음이오. 그건 나뿐만 아니라 대부분의 사람들이 그럴 것이오."

"그야 내가 숲 속에서만 살았으니까……. 밖에도 나가지 못하고."

"생각해 보시오. 어째서 소저가 숲 속에서만 살아야 하는지, 그리고 어째서 밖에 나가지 못하고 숨어 살아야 하는지."

그 말에 담가은의 눈빛이 흔들렸다.

"무슨 말을 하려는 거야!"

"말했잖소. 소저는 실패했소. 그래서 소저의 아버지나 조부가 소저를 숨겨 두었던 것이오."

"아, 아니야!"

"반대로 백리운 또한 그렇소. 백리운도 소저를 여기에만 가둬 두지 않았소? 밖에 나가지 못하게 하고 숨겨 두고 말이오. 나는 이곳에 소저가 있다는 소식을 듣지도 못했소. 궁금하지 않소? 백리운은 왜 또 소저를 숨겨 두는 것인지?"

"나를 숨겨 둔 거야?"

일비가 고개를 끄덕였다.

"볼일이 끝나면, 백리운은 필시 소저를 죽일 것이오."

"……."

담가은은 금세 시무룩해져서는 고개를 푹 숙였다.

"아니야."

본인도 자신이 없는지, 그 목소리는 기어 들어갔다. 그에 일비가 바짝 붙어서며 조용히 속삭였다.

"우리랑 가면 더 이상 숨어 살지 않아도 되오."

"하, 하지만 백리운이 싫어할 거야. 내가 가면……."

"그럴 것 같소? 내가 보기엔 백리운은 소저에게 아무런 신경도 안 쓸 것이오."

"아니라니까!"

"백리운은 소저나 나 같은 사람을 죽이고 다니오. 그런데 왜 소저만 따로 대우한다고 생각하시오?"

"그, 그건……."

그녀가 혼란스러워하며 눈동자를 이리저리 굴렸다. 이것저것 복잡한 생각 때문에 머리가 깨질 것처럼 아파 왔다.

"잘 생각해 보시……."

그때였다. 일비의 말을 끊으며 누군가가 우당각 안으로 들어왔다.

그의 발소리가 우당각 전체에 퍼지며 모든 이의 시선을 잡아끌었다.

우당각을 한 차례 훑어보며 들어오는 이는 백리운이었다.

저벅저벅.

그 입구에서부터 이곳까지 꽤 거리가 되었다. 그런데 세 걸음에 그의 신형이 모든 거리를 압축하고 종무도의 눈앞에서 나타났다.

그에 종무도가 읍을 하려고 하자, 백리운이 손을 뻗어 그의 어깨를 잡고선 잘린 팔 부분을 빤히 들여다보았다.

"팔이 잘렸군."

"스스로 잘랐습니다."

"무슨 일이 있던 거지?"

종무도는 자초지종을 최대한 축약해서 말했다.

"…어쩔 수 없이 팔을 내주고 도망쳐 나올 수밖에 없었습니다."

"그렇군."

고개를 끄덕인 백리운의 시선이 그 자리에서 사라졌다.

"그러는 넌 누구지?"

갑자기 등 뒤에서 들려온 목소리에 일비가 재빨리 뒤돌며 거리를 벌렸다.

그런 일비를 보며 백리운이 재차 물었다.

"누구냐고 물었다."

"일비라고 하오."

"네놈이 일비였군."

더 이상 무슨 말이 필요하랴?

백리운이 씩 웃더니 손을 앞으로 내밀었다.

그를 잡으려는 가벼운 손짓.

그런데 그 손앞으로 담가은이 불쑥 끼어들더니 그 손을 쳐 내기까지 했다.

차악!

백리운은 그녀의 갑작스런 행동에 놀라, 그녀의 손을 피하지 못하고 맞았다.

그에 잠시 할 말을 잃었다가 뒤늦게 입을 열었다.

"무슨 짓이지?"

"너야말로 왜 그래! 왜 공격하는 거야!"

"네가 상관할 바 아니다."

"정말 우리를 죽이려는 거야?"

"무슨 소리를 하는 거야? 어서 저리 비켜."

백리운이 눈살을 찌푸리며 다시 손을 뻗자, 이번에도 담가은 이 옆으로 쳐 냈다.

"하지 마."

"비켜."

"왜 그러는 거야? 정말 우리를 죽이려는 거야?"

"비키라고 했다."

"그러니까 왜……."

백리운이 세 번째 손을 뻗었다.

이전 두 번과는 비교도 할 수 없을 만큼 빨랐고, 거칠었다.

그래서 담가은은 자신의 뒤로 뻗어 가는 그의 손에 반응도

하지 못했다.

덥석!

단숨에 일비의 어깨를 잡은 백리운이 일비를 확 끌어당겼다. 그러자 일비가 순순히 끌려왔다.

"담가은에게 무슨 소리를 한 것이냐?"

"내가 무슨 소리를 했겠소? 있는 대로 말했을 뿐이오."

"무슨 속셈이지?"

"담 소저는 그대의 형같이 우리와 같은 존재. 우리와 살아가야 하는 것이오. 여기는 담 소저가 있을 곳이 아니오."

그 말에 백리운이 그의 어깨를 잡은 손을 뗐다가 곧바로 그의 목을 움켜쥐었다. 손 한번 휘두를 법한데 이번에도 일비는 저항 없이 목을 잡혀 주었다.

"크흐흐……"

금세 얼굴이 새빨갛게 달아올랐음에도 일비는 백리운의 손을 쳐 내려는 시늉조차 하지 않고 몸을 축 늘어뜨렸다.

"무슨 짓이지?"

백리운이 묻자, 일비가 숨넘어가는 소리를 내면서도 씩 웃었다. 그러고는 고개를 힘겹게 옆으로 틀어 담가은을 쳐다봤다.

"이, 이제… 내 말을… 미, 믿겠소?"

담가은은 눈을 동그랗게 뜨고 반쯤 넋이 나간 표정으로 일비를 보고 있었다.

"미, 믿지 마시오……. 아무도……."

"……."

"나도… 저들… 에게 죽을뻔… 했……."

담가은이 표정을 굳히며 검을 뽑음과 동시에 백리운의 팔을 향해 휘둘렀다.

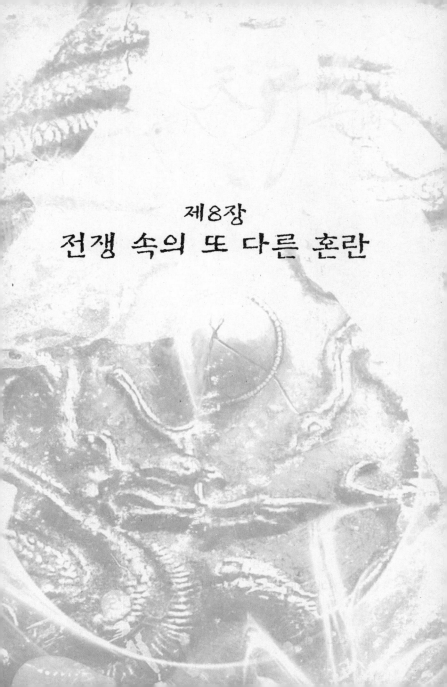

제8장
전쟁 속의 또 다른 혼란

시작해라."

뚝 떨어진 백라운의 목소리에 제전경완의 검사들이 정신을 차리고 사방으로, 이저 나가더니 건물들을 향해 검을 휘두르기 시작했다.

식량이 쌓여 있는 창고라든지, 아니면 무기가 한가득 있는 병기고라든지.

그런 주요 건물들이 제전검완 검사들의 목표였다.

저런 것들을 무용지물로 만들면 남쪽 땅은 아래서부터 무너질 것이다.

그 광경을 위에서 내려다보고 있는 백라운이 조곤조곤 입을 열었다.

"아세야, 내 말을 믿을 건가?"

"......"

"내가 말하지 않으면, 나는 고무 장을 잡아다가 네놈이 보는 앞에서 죽일 것이다. 그것도 최대한 고통스럽게. 그다음에는 우원보의 부인을 잡아다가 네놈이 보는 것 아래에서 차례대로 죽일 것이다. 그렇게 우원보를 진공적 무기로 일어질 것이다. 내가 보는 앞에서 같이다."

고웅찬이 비참한 얼굴을 하고서 고개를 반쯤 했었다. 갑자기 지난 기억이 마구 떠오른 탓이다.

남쪽 땅의 주요 세력이었던 열부의 발수들의 백라운 하나에 죽어 나갔다. 감도원에서, 당가에서, 수백 명이 죽고 핍박과 멸

'제길.'

백리운이 어쩔 수 없이 일비의 목에서 손을 떼고 팔을 뒤로 뺐다.

"뭐 하는 짓이야?"

그가 신경질적으로 물어도 담가은은 일비의 앞에 서서 두 팔을 벌리고 막았다.

"죽이지 마. 나랑 같은 애야."

"너랑은 근본이 다르다."

"아니야, 똑같아."

누가 봐도 일비가 술수를 부리는 것이었다. 하지만 어린아이의 지능을 갖고 있는 담가은은 그걸 깨달을 만큼 똑똑하지 못해 일비의 술수에 놀아나고 있었다.

게다가 일평생 숨어 산 외로움에 가족을 만난 것 같은 동질감까지 더해지니 더욱 쉽게 넘어갔다.

그녀는 백리운이 기세를 철철 흘리며 다가오자 고개를 천천히 저었다.

"하지 마, 제발……."

하지만 백리운의 시선은 그녀를 넘어, 그녀의 뒤에서 씩 웃고 있는 일비에게 향해 있었다.

[얕은 수를 부렸군.]

[수는 그대가 먼저 부리지 않았소? 사령신문을 부하로 두고, 뒤에서 야금야금 내 목줄을 조이고 있지 않았소?]

그 전음에 백리운이 미간을 모았다.

[그 모든 것은 네놈이 백리극을 죽이면서 자초한 일이 아닌가?]

[형의 복수를 하겠다는 것이오? 아니면 담대천처럼 회주 자리가 탐나서 그런 것이오?]

[둘 다라고 해 두지.]

[하긴, 어느 쪽이든 상관없을 거라 생각했소. 결국엔 하나로 귀결되는 것을…….]

일비가 입꼬리를 슬쩍 들썩이더니, 자신의 눈앞에 있는 담가은의 목을 쳤다.

그에 담가은은 의식을 잃고 휘청거렸고, 일비는 그녀를 온몸으로 받아 냈다.

"무슨 짓이지?"

"담가은은 우리와 같이 갈 것이오."

"누구 마음대로?"

"일평생 숨어 산 몸이오. 그리고 그대에게 있어도 똑같이 숨어 살아야 하고. 담가은 본인이 원할 거란 생각은 하지 않소?"

"네놈들같이 백우회를 제멋대로 휘젓는 삶을 살고 싶어 한다고?"

"그럼 담 소저가 지금 왜 그대를 막았을 것이라 생각하오? 담소저는 이미 나와 함께 가기로 마음을 기울였소."

백리운이 눈을 감고 축 늘어져 있는 담가은을 보며 천천히 말했다.

"내가 없는 동안 무슨 말로 꼬드긴 거지? 너라면 정신 연령이 애라는 걸 금방 알 텐데. 그걸 이용해 놓고 담가은이 원한다고 말할 수 있을까?"

"정신이 아이 같으니, 더더욱 원하는 걸 갈망하지 않겠소? 그리고 내가 꼬드긴 건 사실이지만, 그렇다고 거짓말을 한 건 없소이다. 담 소저가 선택한 것은 대해문에서 숨어 살고 우당각에서 숨어 사는 삶이 아니었소."

"나는 숨길 생각이 없었다."

"그럼 왜 담 소저가 우당각에만 있소? 그것도 아무에게도 안 알리고 말이오. 나는 그대의 처소에 담 소저가 있다는 소문은 듣지도 못했소."

"다시 대해문으로 보낼 생각이었다."

"그 또한 담가은을 숨기는 게 아니오? 담대천의 만행에 침묵하고 동조하는 것과 뭐가 다르냐 말이오?"

"글쎄, 내가 그런 것까지 신경 써야 하나 싶군."

"그럼 내가 데려가는 것도 신경 쓰지 마시오."

그 말에 백리운이 한 차례 고개를 저었다.

"그건 안 되겠는데. 걔 때문에 대해문이 남쪽 땅과 전쟁을 하고 있는 거라서."

그 말에 일비가 묘한 미소를 띠었다.

"담 소저가 신경 쓰이오?"

"뭔 소리지?"

"아무렴 담무백이 그 이유 때문에 남쪽 땅에 쳐들어갔을 것 같소? 자칫 잘못하면 남쪽 땅에게 패할지도 모르는 일인데. 내가 보기엔 담무백이 쳐들어간 첫 번째 이유는 담 소저의 비밀이 세상에 폭로되고 대해문이 그 오명을 뒤집어쓰는 것을 막기 위함이고, 두 번째 이유는 서로 견제만 하다가 시간만 잡아먹으니 이렇게 단번에 결판을 내고 동쪽 땅과 겨루기 위해서라고 보오."

"글쎄, 내가 그 속을 어찌 알까?"

일비가 입꼬리를 뺨까지 길게 올렸다.

"그럼 담 소저를 내가 데려가겠소."

일비가 그 말을 내뱉으면서 뒤로 몸을 날렸다. 그러나 그가 바닥에서 발을 떼자마자 백리운의 신형이 질풍처럼 들이닥쳤다.

"멈추시오."

도망치던 일비가 엄지를 바짝 세워 담가은의 목에 갖다 댔다.

"……."

힘차게 뻗어 오던 백리운의 손이 중간에 뚝 멈췄다.

"조금이라도 움직이면 담 소저는 죽소."

"평생 그러고 있을 수는 없을 터. 그 손이 한 치라도 떨어지면……."

"그리 걱정되시오, 담 소저가?"

"대해문이 아니더라도 회주를 압박할 게 없어서 그런 것뿐이다."

"웃기는구려. 회주가 자신의 손녀를 신경 썼다면 이렇게 망치지는 않았을 것이오. 차라리 그냥 솔직히 말하시오. 담 소저가 걱정된다고."

"너도 솔직히 말하는 게 어떤가? 담가은이 아니면 여기서 죽을 것 같다고."

그때, 일비가 조용히 전음을 보냈다.

[나를 보내 주면 담 소저를 고쳐 놓겠소.]

순간, 백리운이 눈썹을 들썩였다.

[그게 가능하단 말인가?]

[이미 이비에게 듣지 않았소? 그대의 가문이 그대의 형에게 시도한 대법은 실패로 돌아갔고, 그걸 내가 우리와 같은 존재로 만들면서 살려 둔 것이라고.]

[네 말을 어찌 믿지?]

[나도 육비가 죽은 지금, 육비를 대신할 자가 필요하오.]

[담가은을 육비로 쓰겠다? 아무렴, 담가은이 자신의 조부인 회주의 뜻에 반하는 짓을 저지르려고 할까?]

[회주가 자신에게 어떤 짓을 했는지 듣게 된다면 충분히 내 말을 따를 것으로 사료되오.]

백리운은 눈을 감고 꿈쩍도 안 하는 담가은을 잠시 바라봤다.

'저런 지능으로 평생 사는 것보다는 낫겠지.'

백리운이 사방에 뿌려 놓은 기세를 거둬들였다.

"가라."

그의 말에 주변에 있는 다른 사람들이 놀라 헛바람을 들이켰다.

그중에서도 가장 크게 놀란 종무도가 재빨리 물었다.

"흠, 저리 보내시는 겁니까?"

"보내 주어라."

그 말에 사령신문의 살수들이 길을 터주었고, 염악종은 '제 길'이란 소리를 내뱉으며 고개를 돌렸다.

그에 일비가 천천히 담가은을 들고선 입구로 향했고, 백리운은 몸을 휙 돌려 안쪽으로 들어갔다. 그러자 복도에 나와 있던 나설란이 그를 보고 말했다.

"오셨어요?"

"왜 보내는지 묻고 싶은가?"

"아니요. 그것보단 다른 걸 묻고 싶어요."

"뭐지?"

"저도 가은이처럼 내보낼 생각이었나요?"

"언젠가는."

그 말에 나설란이 활짝 웃었다. 그런데 파르르 떨리는 입꼬리가 왠지 억지로 힘을 준 듯했다.

"그렇군요."

그녀는 알겠다는 듯이 고개를 끄덕이고는 방으로 들어갔다.

백리운은 잠시 그녀가 들어간 방문을 씁쓸히 바라보다가 자신의 처소로 걸음을 옮겼다.

*　　*　　*

그날 저녁.

서쪽 땅과 남쪽 땅의 전투는 잠시 소강상태에 들어갔다.

그렇게 대규모의 전쟁을 끊임없이 펼칠 수는 없는 법.

서쪽 땅의 무인들은 남쪽 땅에 막사를 치고 병영을 갖추었다.

그런 그들과 한 차례 치열하게 전투를 벌인 고무진과 우원보의 무인들은 폐허처럼 변한 우원보로 돌아왔다. 그걸 본 고무진은 곧장 무너져 있는 혈번성으로 달려갔다.

"아, 아버님!"

그는 돌 조각들을 치우며 잔해 속으로 기어 들어가다가, 문득 새빨갛게 물든 곳을 보고 멈춰 섰다. 처참하게 조각난 살점들이 잔해에 끼어 있었다.

고무진은 그걸 본 순간 고웅천의 것임을 직감적으로 알아채고 크게 오열했다.

"아버님!"

그의 목소리가 잔해 밖으로 튀어나와 밤공기를 갈랐다.

화르르!

우원보 곳곳에 횃불이 타오르며, 우원보의 무인들이 박살 난 건물 잔해들과 구덩이 속에 조각나 있는 시신들을 치우기 시작했다.

그들은 이미 한 차례 격한 전투를 치르고 와서 온몸이 녹초가 되어 있었지만, 그걸 치우지 않고 그냥 쉴 수는 없었다. 무엇보다 식량이 잔해 더미에 깔려 식사를 할 수조차 없었기 때문에 그런 것들을 먼저 치워야 했다.

그러다가 한 무인이 잔해들을 치우다가 식량을 발견하고는 욕지거리를 내뱉었다.

"제기랄! 식량에 먼지가 잔뜩 끼었어. 위에 있는 것은 지금 당장 못 해 먹을 정도야."

"뭐? 그럼 아래에 깔린 거는?"

"그건 그나마 괜찮아 보이네."

"도대체 누가 이런 짓을 한 거야?"

그 무인은 신경질적으로 잔해 더미를 발로 차다가 귀신이라도 본 것처럼 얼굴이 새하얗게 질렸다.

그에 옆에서 지켜보던 다른 무인이 그에게 가까이 다가가며 물었다.

"왜 그래?"

"저, 저기……."

그 무인은 우원보를 둘러싸고 있는 담장 위로 손을 뻗었고, 주변에 있던 무인들이 그 손을 따라 일제히 고개를 돌렸다.

그 위에는 담무백과 서쪽 땅에 있는 백도칠원 중 하나인 수해천구원(粹海天究園)의 무인들이 빼곡히 서 있었다.

그들이 그 위에서 그저 내려보기만 해도 온몸이 서늘해졌다.

"대해문!"

"기습이다!"

우원보의 무인들이 미친 듯이 소리쳤고, 그에 뒤질세라 수해천구원의 무인들이 지체 없이 안쪽으로 몸을 날렸다.

하지만 담무백은 여전히 담장 위에서 차분히 한 사람을 기다렸다.

남쪽 땅의 대표인 고무진.

그를 묶어 놓지 않으면 기습이 실패할 것이다.

채채채챙!

수해천구원의 무인들이 각종 병기를 들고 우원보의 무인들을 덮쳐 갔다.

하지만 우원보 또한 백아사천 중 한 곳이다. 그들의 기습에 쉽게 휩쓸리지 않았다.

그 광경을 위에서 지켜보던 담무백이 소리쳤다.

"일시!"

그에 수해천구원의 무인들이 주르륵 뒤로 빠지더니 담장에 몸을 바짝 붙이는 것이 아닌가?

그리고 그 순간, 담장 너머에서 수백 발의 불화살이 쏘아졌다. 밖에서 대기 중이던 풍시원의 무인들이 쏜 것이다.

밤하늘을 가득 메운 광활한 불길들.

불화살이 한데 모여 일어난 광경이었다.

표표표푯!

그 불화살의 비가 우원보 안쪽을 덮쳤다.

순식간에 불길이 타오르고 조금씩 우원보를 집어삼켰다.

하지만 상대가 누구인가?

우원보의 무인들은 당황하지 않고 두 갈래로 나뉘어, 한쪽은 불길을 걷어 냈고 다른 한쪽은 벽에 붙어 있는 수해천구원의 무인들을 향해 몸을 날렸다.

그들의 능숙한 움직임에 담무백이 한쪽 눈썹을 끌어올렸다.

"호오, 백아사천은 백아사천이군."

태풍처럼 몰아치는 우원보의 무인들을 보고 수해천구원의 무인들이 한곳으로 모여 사각형의 진세를 이루었다.

그들은 그렇게 우원보의 무인들을 상대해 갔다.

그때, 담무백이 다시 소리쳤다.

"이시와 삼시를 연달아 쏘아라!"

그의 목소리가 끝나기 무섭게 담장 너머에서 수백 발의 화살이 넘어와 우원보 안을 덮쳤다.

파파파파파팍!

"크학!"

"윽!"

머리통을 꿰뚫고 땅에 처박히는 화살들.

어떤 무인은 발목에 맞고 또 허벅지에 맞더니, 그다음에는 목을 막고 그 자리에서 사망했다.

그렇게 무자비하게 화살이 떨어져 내리니 우원보의 무인들은 쉽게 접근할 수 없었다. 그래서 화가 난 이들이 담장 위로 몸을 날리면, 담무백이 기다렸다는 듯이 그들을 향해 검을 휘둘렀다.

콰콰콰콰쾅!

주변 일대를 다 베어 버리는 무식한 검기!

그 검기에 베인 우원보의 무인들은 몸이 두 동강으로 분리되어 떨어져 내렸다.

"성공적인 분위기군."

담장 밖에선 풍시원의 화살이 날아들고, 담장 안에선 수해천구원의 각종 병기들이 쇄도했다. 그리고 담장 위에선 담무백이 담장 위로 오르는 걸 막고 있었다.

기습치곤 잘 짜인 계획이었다.

"이 개자식들!"

우원보의 무인들은 뒤로 쭉쭉 밀려날 수밖에 없었다.

중간에 있자니 풍시원의 화살이 날아들고, 가까이 다가가자니 수해천구원의 무기들이 날카로운 이빨을 드러냈다.

자신들의 땅인데도 불구하고 우원보의 무인들은 구석으로 밀려났다.

그리고 그때, 다시 한 번 풍시원의 화살비가 무서운 속도로 떨어져 내렸다.

이전까지는 위에서 일직선으로 떨어졌다면, 이번에는 포물선을 그리며 구석을 향해 날아갔다.

그때였다.

"이놈들!"

고무진이 무지막지한 기세로 튀어 올라 흑원검을 크게 휘둘렀다.

쐐애애액!

지독한 열기가 일어나며 대기를 다 태우고 화살비까지 집어삼켰다.

따다다닥!

화살비가 새카맣게 타서 힘을 잃고 땅바닥을 향해 곤두박질 쳤다.

그때, 고무진이 그중 한 화살을 밟고 더 높이 뛰어오르며 담장에 찰싹 붙어 있는 수해천구원의 무인들을 향해 흑원검을 휘둘렀다.

허공에 그어지는 흑선.

그와 동시에 강렬한 열기가 타오르며 그 열기를 실은 검기들이 눈부신 속도로 날아갔다.

화르륵!

그러나 채 반도 가지 못하고 반대편에서 날아든 희끗한 검광에 공중에서 터져 버렸다.

콰콰콰쾅!

막대한 기파가 연달아 쏟아져 나왔고, 땅에 있던 잔해들이 그 기파에 휩쓸려 사방으로 튕겨져 나갔다.

후우웅!

그 잔해를 베며 단숨에 담장 위로 날아든 고무진이 엄청난 살기를 머금고 흑원검을 내리쳤다.

콰콰콰콰쾅!

담장 위편이 폭발이라도 일어난 것처럼 터져 나가며 남아 있는 부분을 새카맣게 태웠다.

참으로 극심한 열기였다.

한편, 그 검을 피해 옆으로 몸을 날린 담무백은 그의 검에 지나치게 힘이 들어가 있는 걸 보고 눈살을 찌푸렸다.

'무슨 일이 있던 거지?'

그러고 보니 이곳에 기습하러 왔을 때 여러 건물들이 무너졌고, 혈제의 상징과도 같은 혈번성이 무너져 있었다.

'누군가 쳐들어오기라도 한 것일까?'

그러나 그러한 생각도 잠시, 고무진이 살기 가득 실어 흑원검을 휘둘러 왔다.

차앙!

검을 앞으로 내밀며 막은 담무백은 순식간에 몸 앞판을 집어삼키는 열기에 미간을 찌푸렸다.

미리 내력을 두르지 않았다면 살갗마저 타들어 갔으리라.

"지나치게 힘이 들어가 있군. 무슨 일이 있던 거지?"

"모른 척할 셈이오?"

"몰라서 묻는……."

그리 말하던 담무백은 그의 붉은 눈을 보고 잠시 멈칫했다.

"내가 없는 사이에 몰래 쳐들어오지 않았소?"

"나는 네놈과 하루 종일 싸우고 있었다. 그런데 네가 없는 사이에 어찌 이곳으로 온단 말인가?"

"그럼 누가 내 아버님을 죽인 것이냐!"

담무백이 일시적으로 눈썹을 파르르 떨었다.

"혈제가 죽어?"

"으아아악!"

고무진이 담무백의 검을 밀어내고는 흑원검을 쳐올렸다.

후우욱!

그 검을 따라 일어난 열기가 그물처럼 담무백을 덮쳐 갔다.

그 열기가 제법 위력적이긴 하나, 담무백에게 큰 피해를 입힐 정도는 아니었다. 하지만 그로서는 최대한 고무진을 묶어 놔야 했기에 담장 위에서 뒷걸음질 치듯 물러섰다.

그에 고무진이 몸을 밀어 넣으며 흑원검으로 질풍처럼 몰아쳤다.

차차차차창!

뒷걸음질 치며 그 공격을 잘 쳐 내던 담무백이 돌연 흑원검에서 검은 광채가 수없이 반들거리자 담장을 박차고 거리를 훌쩍 벌렸다.

콰콰쾅!

그가 있던 자리에 흑원검이 꽂히고, 담장이 또 터져 나가며 새카맣게 그을렸다. 그러나 담무백의 시선은 그것보다 흑원검의 묵색이 더 짙어진 것에 가 있었다.

빠르게 고조되는 그의 눈빛.

고무진이 펼친 일원강기를 알아본 것이다.

흑원검에서 이글거리는 열기가 그 모든 거리를 격하고 피부에 와 닿자 담무백이 쓰게 웃었다.

'꼭 성공적인 기습이 아닐지도 모르겠군.'

그때, 담장 밖에서 엄청난 수의 화살이 솟구쳐 오르더니 담장을 넘어 안쪽으로 떨어졌다.

파파파파팟!

우원보의 대지에 꽂히는 수많은 화살들.

불행 중 다행으로 그 화살에 깔린 자들은 없었으나, 그나마 멀쩡하던 건물들이 박살 나고 있었다.

귀퉁이가 떨어져 나가고 지붕이 박살 나는 등, 마치 처음부터 그것이 목적이었던 듯 화살은 넓게 퍼져서 사방에 떨어졌다.

담장 위에서 그걸 지켜본 고무진이 담무백을 쏘아봤다.

"참으로 고약하구려. 이런 얕은 수를 벌일 줄은 몰랐소."

"그 얕은 수에 우원보는 야금야금 무너질 것이다."

"본문파를 너무 얕보는구려."

고무진이 흑원검을 꽉 쥐며 담장 밖으로 몸을 날렸다. 그리고 그의 신형은 한 줄기 빛살처럼 눈부신 속도로 떨어져 내렸다.

그의 목표는 담장 밖에서 화살을 쏘아 올리는 풍시원이었다.

"이런!"

그가 떨어지는 방향을 보고 담무백이 뒤따라 몸을 날리며 길게 검기를 뽑아냈다.

차앙!

그러나 고무진은 보지도 않고 쳐 내며 풍시원을 향해 검을 휘둘렀다.

그와 동시에 미친 듯이 뿜어져 나오는 묵빛의 검기들.

그 수가 헤아릴 수 없을 만큼 많았다. 또한 그 검기들이 채찍처럼 휘어지며 자기들끼리 마음껏 뒤엉키더니 풍시원의 무인들 사이로 파고들었다. 그러고는 마치 나무 넝쿨처럼 풍시원의 무인들을 옥죄었다.

문제는 그것이 살벌한 검기여서, 넝쿨에 묶인 풍시원 무인들의 몸이 푹푹 베였다.

우원보의 대표에게만 전해지는 묵원십이검(墨元十二劍)의 한 초식인 사멸혼광(死滅昏光)이었다.

"크아아악!"

"으윽!"

풍시원 무인들의 몸에 난도질이라도 당한 것처럼 얇고 긴 수많은 상처가 생겨났다. 게다가 흑원검이 남기고 간 열기 때문에 그 상처는 쓰라리기까지 했다.

상상을 초월하는 검식.

단 일 초식으로 풍시원의 무인들을 소강상태에 빠뜨린 것이다. 아주 잠시였지만 말이다.

풍시원의 원주인 마현이 앞으로 나서며 연달아 화살을 쏘아 냈다.

파파파파파팡!

파공음이 대기를 떨어 울리며 창처럼 크고 작살처럼 뾰족한 촉을 가진 화살들이 한 줄로 이어서 쭉 나아갔다.

한 점을 부수고 또 부수는 강력한 궁술(弓術)이었다.

그러나 자신의 앞에선 장난에 불과한 듯 고무진은 흑원검을 휘둘러 모조리 쳐 냈다.

파파팍!

화살이 부서지고 그 파편이 땅으로 떨어졌다.

"과연, 남쪽 땅의 대표답구려!'

마현은 시위가 끊어져라 당겼고, 그 화살촉에 엄청난 힘이 깃들었다.

파앙!

크게 퍼지는 기파, 그리고 뻗어 나가는 화살.

그런데 그 화살이 대기를 꿰뚫을 때마다 중간중간 동심원 같은 기파가 일었다.

풍시원의 원주만이 펼칠 수 있는 천혼파멸시(天魂破滅矢)였다.

그 무시무시한 이름답게 위력 또한 대단했다.

까앙!

흑원검으로 내려쳐 막아 낸 고무진은 순간 손아귀가 찢어질 것 같은 충격을 느꼈다.

'만만히 볼 게 아니군.'

그 틈에 풍시원의 앞으로 착지한 담무백이 땅을 밀어 차며 고무진을 향해 달려들었다.

차차차창!

고무진 또한 물러서지 않고 그의 공격을 받아 냈다.

순식간에 그들의 주위로 수많은 검광이 번뜩이고 또 부딪쳤다.

서로 입을 꾹 다물고 검만 휘두르니, 그 일대가 살벌한 기세로 흘러넘쳤다.

한 치의 틈도 없이 검으로 검을 쳐 내는 격전이었다.

오죽하면 마현조차 활을 겨누기만 하고 쏘지도 못하고 있겠는가?

'제길, 잘못하면 소문주가 맞겠군.'

어쩔 수 없이 활을 내린 마현은 그 격전을 가만히 쳐다보기만 했다. 그러는 와중에도 그의 뒤에 있는 풍시원의 무인들은 틈틈이 담장 안으로 화살을 쏘아 올렸다.

그렇게 꽤 오랜 시간을 지켜보고 있을 때였다. 마현이 문득 우편에서 느껴지는 울림에 고개를 돌렸다.

"이런……."

고악원의 무인들이 어둠을 뚫고 무시무시한 기세로 다가오고 있었다. 아무래도 소란을 듣고 달려온 모양이다.

"생각보다 오래 지체했다."

마현은 재빨리 손을 들어 흔들었다. 그러자 풍시원의 무인들이 활을 내렸고, 그중 한 명만이 화살 끝에 기름 주머니를 달고 안으로 쏘아 올렸다. 그리고 뒤이어 불화살이 똑같은 궤도로 솟구쳤다.

우원보의 담장 안쪽으로 넘어간 화살이 허공에서 터지며 기름을 쏟아 냈고, 그 기름이 땅에 떨어지기도 전에 뒤이어 날아온 불화살에 맞았다.

화르르륵!

허공에 피어나는 광활한 불꽃.

그걸 본 수해천구원의 무인들이 담장을 타고 위로 올라가 담장 밖으로 몸을 날렸다.

이미 계획한 듯 그들은 지체하지 않았다.

그들이 넘어오자, 풍시원의 무인들이 우측으로 몸을 틀어 고악원의 무인들을 견제하기 위해 화살을 날렸다. 그다지 집중해서 날린 화살은 아닌 듯, 고악원의 무인들은 그 화살들을 쉽게 쳐 냈다.

그 가운데 담무백이 흑원검을 위로 쳐 내며 힘껏 다리를 뻗었다.

픽!

뒤로 미끄러진 고무진의 등이 담장에 처박혔다.

"물러나라."

그 말에 풍시원의 무인들이 수해천구원의 무인들과 함께 도망치며 사방에 불화살을 쏘아 댔다.

순식간에 그 일대가 불바다로 변했고, 담무백은 그 불길을 뚫으면서 미리 준비해 둔 기름 주머니를 불길 속에 던졌다.

화르르!

불길이 거세게 타오르며 사방을 집어삼켰다.

그에 할 수 없이 고악원의 무인들이 주변에 다른 건물들로 옮겨붙지 않도록 반 이상이 남아 불길을 꺼야 했다. 그리고 나머지 반은 불길을 뚫고 쫓아갔지만, 풍시원의 무인들이 틈틈이 화살을 날려 좀처럼 거리를 좁히지 못했다.

파파팟!

그때, 그들의 뒤에서 고무진이 성큼 뛰어들더니 모든 화살을 쳐 냄과 동시에 용수철처럼 앞으로 튀어 나갔다.

그런데 고무진이 중간에 멈춰 서며 얼굴을 잔뜩 찌푸렸다.

"제길……."

반대편에서 대해문의 무인들이 우르르 몰려와 그들을 감싸 안고는 자신들의 막사 쪽으로 움직였다.

저들 역시 미리 대기하고 있던 듯했다.

'당했군!'

고무진은 주먹을 꾹 쥐며 돌아섰다. 이 이상 무리해서 쫓았다간 더 큰 피해만 입을 것이다.

"돌아간다."

뒤늦게 온 고악원의 무인들도 분노를 집어삼키며 되돌아갔
다.

고무진과 달리 담무백은 밝은 기색으로 자신의 진영에 들어
섰다. 그러고는 저 멀리 되돌아가는 고무진의 뒷모습을 보고 씩
웃었다.

"이것도 나쁘지 않군. 이대로 장기전으로 흘러간다면 우리
쪽이 유리해질 것이야."

그때였다.

콰콰콰쾅!

서쪽 땅의 진영 한가운데에서 엄청난 폭발이 일어났다. 그런
데 그 폭발음이 앞과 뒤에서 똑같이 들려왔다. 즉, 남쪽 땅에도
터진 것이다.

그리고 진한 화약 냄새가 앞뒤로 덮쳐 왔고, 대기가 파르르
울렸다.

코끝이 아릴 정도로 화약 냄새가 짙었다.

"누가 감히……."

남쪽 땅에서도 같은 폭발이 일어난 것을 보면, 그쪽에서 한
것 같지는 않았다.

게다가 그쪽에서도 이쪽을 바라보고 있는 게 느껴졌다.

그 먼 거리에서도 느껴질 정도이니, 고무진 또한 얼마나 어이없을지 대충이나마 알 수 있었다.

"……."

담무백과 고무진은 누가 먼저랄 것도 없이 서로를 향해 걸어오더니 중간 지점에서 만났다.

"먼저 말하지. 이건 내가 한 짓이 아니다."

"나도 마찬가지요."

담무백이 고개를 끄덕였다.

"우리 같은 백아사천이 이런 무인들의 전쟁에 화약을 쓸 리 없겠지."

"그럼 누가 그랬단 말이오?"

"그 전에 우원보에서 무슨 일이 있었는지를 먼저 말해 보는 게 어떤가?"

고무진이 잠시 뜸을 들이다가 작게 한숨을 내뱉으며 말했다.

"우리가 우원보를 비워 둔 사이, 누군가 우원보에 쳐들어와서 내 아버지를 죽이고 식량 창고나 병기고 같은 주요 건물들을 부숴 놨소. 그리고 남아 있는 제자들도 모조리 도륙을 해 놨소."

"누가 그랬지?"

"그걸 알아보려던 차에 그쪽이 기습을 해 온 것이오."

"그럼 이 폭발을 일으킨 이와 그 흉수가 동인일 수도 있나?"

고무진이 고개를 저었다.

"만약 그랬다면 대해문 쪽에도 똑같은 일이 벌어졌을 것이오. 그런데 그쪽의 반응을 보아하니 그러지 않은 것 같구려. 그럼 폭발과는 독립된 일처럼 느껴지오."

"확실한 것은 폭발이 일어난 지역이 서로의 진영 한가운데라는 점이다. 즉, 서로에게 연관된 사람이 아니면 그곳까지 화탄을 옮길 수 없겠지."

"하지만 누가 어떤 연유로 그랬단 말이오?"

"글쎄, 직접 물어보면 되겠군."

그곳으로 대해문의 무사들이 세 명의 무인들을 에워싼 채 다가오더니 담무백 앞에 그 세 명을 내동댕이쳤다.

담무백은 땅바닥에 쓰러져 아등바등하는 그들에게 물었다.

"이들이 저지른 짓인가?"

대해문 무사들 중 한 명이 나와 고개를 숙였다.

"정확히 말하자면, 이들이 벌인 짓은 아니지만, 같은 일을 벌였습니다. 전쟁에 필요한 물자를 옮기는 척하면서 상자 안에 화탄을 심어 두었습니다. 그리고 퇴로에서 가까운 막사 안에 넣어 놨습니다. 다행히도 화탄이 터지기 전에 발견했습니다. 화탄이 들어 있던 상자는 여기 이놈들이 물자를 댄 상자였습니다."

"그럼 이놈들을 족쳐 보면 누가 저 폭발을 일으켰는지 알겠군."

대해문의 무사가 그 즉시 검을 뽑아 들어 세 명의 목에 검을 대고 그들의 얼굴을 위로 들어 올렸다.

그 칼날에 목이라도 베일까 그 잡혀 온 세 명은 검을 따라 얼굴을 빳빳이 들었다.

그런 그들을 담무백은 차가운 눈빛으로 내려다봤다.

"무슨 이유로 저런 짓을 벌인 거지? 네놈들만으로 서쪽 땅과 남쪽 땅에 동시에 폭발을 일으킬 수는 없을 터. 사주한 자가 누구냐?"

그들이 입을 열지 않고 서로 눈치만 보고 있자, 담무백이 고개를 끄덕였다.

그러기 무섭게 한 사람의 뒷목으로 대해문 무사의 검이 꽂혔다.

푹!

목을 뚫고 나온 검끝.

그 끝에서 피가 주르륵 흘러내렸다.

"허어어!"

"으으……"

나머지 두 명이 얼굴이 새하얗게 질려서는 몸을 파르르 떨었다.

"다시 묻지. 누가 이런 짓을 벌이라고 시킨 것이냐? 그리고 저 폭발은 누가 일으킨 것이냐?"

이번에도 대답이 없자 담무백이 고개를 끄덕였다.

그런데 그 순간, 한 사람이 목을 바짝 치켜들며 이야기했다.

"우, 우리도 누가 저 폭발을 꾸몄는지 모르오."

그의 뒤에서 검을 들었던 대해문의 무사가 천천히 검을 내렸다.

"계속 말해 봐라."

"그, 그저 화탄을 옮겨 놓고 불만 붙인다면 저, 저에게 대해문의 무공을 가르쳐 준다고 해서……."

그 말에 담무백의 눈빛이 흔들렸다.

"본문의 무공을 말인가?"

"예, 예. 그 무공이 탐이 나서 그만……."

"누가 그런 제의를 했지?"

"그, 그건……."

그가 주저하자, 지체 없이 그의 목으로 검이 꽂혔다.

푹.

"으아아!"

남은 한 사람이 엉덩방아를 찧었다. 그리고 그를 향해 담무백의 시선이 꽂혔다.

"누가 그런 걸 사주했지?"

"저, 저도 정확히는 모릅니다."

그 말을 함과 동시에 그는 검끝이 목뒤에 닿는 걸 느꼈다.

"으! 진짜 모릅니다. 그는 자신을 일비라고 말했습니다."

그 말에 담무백과 고무진의 얼굴이 동시에 어두워졌다. 하지만 비의 존재를 모르는 대해문의 무사는 손으로 그의 머리를 휘어잡았다.

"일비가 누군데? 그게 이름이야? 똑바로 말 못해?"

"진짜 그거 말고는 모릅니다."

그는 눈을 찔끔 감고 몸을 부르르 떨었다. 이내 그의 가랑이 사이로 소변을 지린 듯 노란 물이 흘러나왔다.

그러나 담무백은 다른 걸 물었다.

"그럼 저 폭발은 누가 일으킨 거지?"

"그건 정말 모릅니다. 여기 이 두 사람도 같은 거래를 했는지 몰랐습니다."

담무백이 표정을 굳혔다.

'결탁한 사람들끼리는 모른다? 그놈들 수법답군.'

담무백이 그에게서 몸을 돌리자, 대해문의 무사가 그의 목을 베었다.

서걱, 툭.

그의 머리가 땅으로 떨어져 담무백의 뒤꿈치에 닿았다.

하지만 그는 돌아보지도 않고 고무진에게 전음을 보냈다.

[들었지? 아니면 일비가 누군지 설명해야 하나?]

[나도 그들이 누군지 어느 정도는 알고 있소.]

[당연히 그래야겠지.]

[말에 가시가 있소이다.]

[몰랐나 보군. 혈제도 삼비와 결탁했다.]

고무진이 눈을 부릅떴다.

[확실히 알고 말하는 것이오?]

[그 반응을 보니 모르고 있던 것 같군. 하긴, 알고 있었으면 남쪽 땅에 폭발이 일어나지도 않았겠지. 어쩌면 혈제가 화탄을 갖다 놨을 수도 있지.]

고무진이 인상을 팍 구겼다.

[말을 아끼는 게 좋을 것 같소.]

고무진이 살살 기세를 키워 나갔다. 만약 남쪽 땅에서 고악원의 무인이 달려와 귓속말을 하지 않았다면 그대로 검을 뽑아 들었지도 모른다.

귓속말을 들을수록 고무진의 눈이 점점 커졌다.

"그게 정말인가?"

"예."

말을 전한 이도, 듣는 이도 표정이 좋지 않았다. 그에 담무백이 고개를 갸웃거리며 물었다.

"무슨 일이지? 흉수를 잡은 건가?"

"흉수를 잡진 못했소. 우리 쪽에 놓인 화탄은 다 터진 것 같소이다."

"그럼?"

고무진이 대답은 전음으로 했다.

[화탄이 터진 곳에 우리 쪽 사람은 한 명도 없다고 하오.]

[그럼 좋아해야지, 표정이 왜 그렇지?]

[오늘 아침 그 화탄이 있는 곳에 아무도 들어가지 못하도록 막은 사람이…….]

뒷말이 이어지지 않아도 충분히 알 수 있었다.

[혈제였군.]

[그렇소.]

[이미 알고 있지 않으면 막을 수 없지.]

[…….]

고무진이 비통하게 눈을 감으며 고개를 숙였고, 담무백은 그런 그를 보며 말했다.

"우리는 이만 빠지지. 그놈들의 판에서 싸울 생각은 없거든."

"그다음은 어쩔 생각이오?"

"그놈들이 아무런 이유도 없이 이런 짓을 벌이진 않았을 터. 지금 무슨 일을 벌이고 있는지 알아봐야겠지."

"그놈들은 지금까지 이렇게 표면 위에서 움직인 적은 없소. 그런데 이리 움직였다는 것은, 분명 커다란 계획을 꾸미고 있다는 뜻 아니겠소?"

"그러겠지."

담무백은 고개를 끄덕이며 자신의 진영으로 돌아갔다. 그리고 얼마 후 남쪽 땅에 세워진 서쪽 땅의 막사가 철수했다.

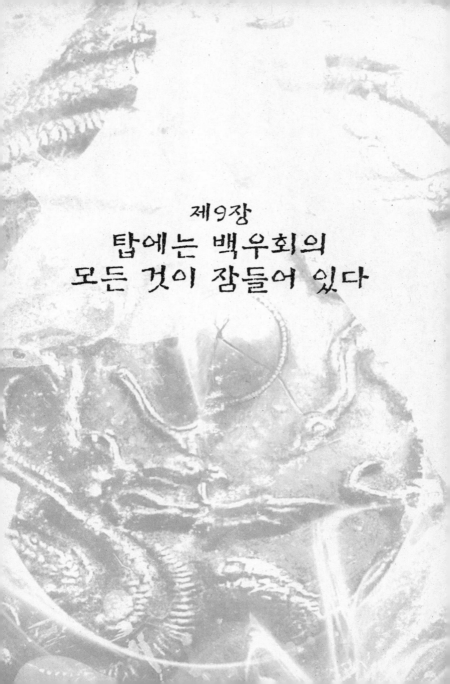

제9장
탑에는 백우회의
모든 것이 잠들어 있다

　서쪽 땅과 남쪽 땅이 한창 떠들썩할 무렵, 새벽이 깊어 가도록 담대천은 정자에 머무르고 있었다.

　차를 들이켜는 것도 아니고, 책을 읽는 것도 아니었다. 그냥 그 자리에 앉아 있었다.

　그리고 그런 담대천의 앞으로 백발을 정갈하게 뒤로 넘긴 노인이 힘 있는 걸음으로 다가왔다.

　커다란 체격에 커다란 창을 메고 있는 노인.

　백우십성단 중 하나인 청성단의 단주, 대청룡 무아패였다.

쿵! 쿵!

그가 정자 안으로 들어서자, 정자가 지진이라도 난 것처럼 흔들렸다.

"허허. 자네는 언제 봐도 기백이 넘치는군."

담대천이 사람 좋은 웃음을 보이자, 무야패가 읍을 해 보이며 그의 앞에 앉았다.

무야패는 한 나라의 장군이라도 해도 좋을 체격이었다.

담대천과 똑같이 자리에 앉으니 그의 체격이 더 커 보였다.

하지만 그는 혹시라도 불경을 저지를까 봐 옷깃 하나도 조심스럽게 여미며 입을 열었다.

"방금 서쪽 땅과 남쪽 땅의 전쟁이 끝났습니다."

"허어! 북쪽 땅과 동쪽 땅도 그러더니. 그래, 누가 이겼지?"

"승자는 없었습니다. 서로의 진영에 알 수 없는 폭발이 일어나고, 그 즉시 담무백이 빠지며 전쟁을 그만두었습니다."

담대천이 혀를 차며 고개를 저었다.

"쯧쯧쯧. 비 놈들이 장난을 쳤구만."

"예. 혹시나 비 놈들이 그 폭발로 사사천구의 시선을 돌리고 이곳으로 오지 않을까 생각했지만, 아직까지 소식이 없는 걸로 보아 그들의 계획에 차질이 생긴 듯합니다."

"더 아는 것은 없고?"

"그놈들이 원체 흔적을 남기지 않는 터라, 그 이상 알 수가 없습니다."

"성가신 놈들. 그때 그놈들을 확실히 죽여야 했는데. 아니면 되돌아왔을 때 끝을 내야 했어. 괜한 내 욕심 때문에 골칫거리만 살려 두게 됐군."

"앞으로 어쩌시겠습니까?"

"그놈들이 숨어 있는 곳이라도 알면 쳐들어가기라도 할 텐데 말이야. 도대체 백우회 내에서 어찌 그리 잘 숨어 다니는지 모르겠군."

"그놈들이 움직이지 않으면 흔적조차 잡을 수 없습니다. 지금껏 항상 그래 왔지 않습니까? 그들이 숨어 있는 곳을 몰라 지금까지 기다릴 수밖에 없었습니다."

담대천이 잠시 눈을 감으며 허리를 폈다.

"골치 아프군. 백리운은 북쪽 땅을 얻었고, 일비는 보이지가 않아. 이제는 판이 어떻게 돌아가는지도 모르겠어."

"……."

평생을 모셔 왔지만, 이리 난색을 표하는 적은 처음이었다.

"일단은……."

그때였다. 입을 뗀 담대천의 고개가 휙 돌아갔다.

그의 시선이 향한 곳은 정자 부근에 있는 작은 수풀이었다.

그곳에서 이비가 백리극의 시신을 두 손으로 들어 올린 채 나타났다.

갑작스런 그녀의 등장에 무야패가 벌떡 일어나 등 뒤에서 거대한 창을 꺼내 들었다.

후욱!

그저 창을 꺼내 들었을 뿐인데도 묵직한 바람 소리가 일었다.

"잠깐!"

그런데 담대천이 손을 들어 무야패를 막는 게 아닌가? 그러더니 이비를 향해 조심스럽게 입을 열었다.

"여기는 어쩐 일이지?"

"아직도 그 말, 유효한가요? 회주님께 오면 저를 보호해 주겠단 말이요."

"물론이네. 어서 이쪽으로 오게나. 괜히 그곳에 서 있다가 백우십성단에게 오해만 살지 모르네."

그녀가 잠시 머뭇거리다가 아주 천천히 정자 안으로 들어섰다. 그에 무야패가 한 발씩 물러나며 그녀에게 공간을 터 주었지만, 여전히 창끝은 그녀에게로 향해 있었다.

이비가 돌연 걸음을 멈추고 무야패를 쏘아봤다.

"저를 보호해 준다더니, 계속 창을 들고 저를 위협할 건가요?"

"그럴 리가 있나. 무야패, 자네는 그만 나가 있게."

그 말에 무야패는 창을 다시 메고선 포권을 올리고 정자 밖으로 나왔다.

하지만 정자에서 멀리 떨어지지 않고 그쪽을 뚫어져라 쳐다봤다. 혹시나 이비가 다른 짓을 벌일까 봐 감시하는 것이었다.

그에 담대천이 인자하게 웃어 보이며 자신의 건너편으로 손을 뻗었다.

"어차피 저들은 내 명령이 있기 전까지 움직이지 못하네. 그러니 신경 쓰지 말고 이리 앉게나."

이비는 백리극의 시신을 뒤쪽에 내려놓고 그가 권하는 자리에 앉았다. 그러나 그녀의 눈빛에는 여전히 경계심이 가득했다.

"허허. 그리 긴장할 필요 없네."

"어째서 저를 보호해 주겠다는 거죠?"

"어렵게 생각할 필요 없네. 나는 자네에게 원하는 걸 들어주고, 자네는 내가 원하는 걸 들어주고. 그렇게 거래를 하면 되네."

"저에게 원하는 게 뭐죠?"

담대천이 눈을 가늘게 떴다.

"내가 뭘 원할 것 같나?"

"일비를 원하는 거요?"

"일비뿐만 아니라, 비 전부를 원하네. 그렇다고 오해하지 말게나. 자네까지 죽일 생각은 없으니."

"그럼 예전에는 왜 저희를 죽이려고 했죠?"

"몰라서 묻는 건 아니겠지?"

"어쩔 수 없지만, 백우회의 질서를 지키는 게 우리의 일이었어요. 그건 태어나면서 갖는 임무와도 같다고요."

"그래그래. 그런 소모적인 논쟁을 벌일 필요가 있나? 어쨌든 자네는 나의 보호가 필요해서 이리 온 거 아닌가?"

"그것 말고도 더 원하는 게 있어요."

"말해 보게나. 내가 할 수 있는 일이라면 뭐든지 들어주겠네."

"저를 탑의 정상으로 데려가 주세요."

그 말이 의외였는지 담대천이 눈을 크게 떴다.

"탑에는 무슨 일로 오르려는가?"

그녀가 말없이 머뭇거리자, 담대천의 눈에 조용히 누워 있는 백리극의 시신이 들어왔다.

"백리극 때문인가?"

"맞아요."

"백리극을 뭐 어쩌려고?"

"탑에 올라가서 되살리려고 해요."

담대천은 잠시 그녀를 빤히 쳐다보다가 말했다.

"탑에 뭐가 있을지 알고?"

"그러는 회주님도 저 탑에 뭐가 있는지 알 수 없을걸."

"나는 이미 저 탑의 꼭대기까지 오른 몸일세. 그리고 저 안에 뭐가 있는지 아주 자세히 알고 있지."

"그래도 회주님의 말을 믿지 않을 거예요. 제가 직접 올라가서 제 두 눈으로 볼 거예요."

담대천이 알 수 없는 묘한 미소를 지었다.

"내가 만약 저 탑 위에 그런 게 없다고 해도 믿지 않겠군."

"맞아요."

"어째서 저 탑에 죽은 사람을 되살리는 묘약 같은 게 있을 거라고 생각하는 거지? 자네가 어떠한 근거도 없이 그런 허무맹랑한 생각을 할 것 같진 않은데."

"……."

이비는 입을 꾹 다물었다.

'아직은 저 탑의 지하에 뭐가 있는지 말할 수 없지.'

그녀가 그리 생각하는 이유는 탑의 지하에 있는 핏빛 연못 때문이다.

몸을 담그기만 하면 어떠한 상처도 치료해 주는 신비한 효능을 가진 연못.

비록 그 색은 피처럼 빨갛지만 효능만큼은 의심할 것 없이 뛰어났다. 무엇이든 상관없이 다 치료했다.

그뿐만이 아니다. 연못에 몸을 담그면 신체가 단단해지며 괴물 같은 능력을 가진 신체로 탈바꿈된다. 그래서 비들이 그런 신체를 가질 수 있던 것이었고, 그걸 모르는 담대천은 자신의 손녀인 담가은을 억지로 비처럼 만들려다가 부작용이 생긴 것이다.

그래서 이비는 이 연못만 믿고 백리극의 시신을 넣어 봤다. 하지만 그 연못도 죽은 사람은 되살리지 못했다.

탑의 지하에 그런 게 있다면, 탑의 정상에는 뭐가 있을까?

우원보의 보주도, 일비도 탑을 원하고 있다. 그리고 그 답은 회주만이 알고 있다. 하지만 그의 말을 함부로 믿을 수 없었다.

그를 마지막으로 믿었을 땐 자신들을 죽이려 했으니까.

"제 거래를 받아들일지, 그것만 말씀하세요. 더 이상 캐묻지 마시고……."

"나로서는 선택의 여지가 없군."

"받아들이는 건가요?"

"그러지."

그녀가 믿지 못하겠다는 듯 재차 물었다.

"저를 정말 탑에 데려다 줄 건가요?"

담대천이 일어서며 말했다.

"지금이라도 당장 자네를 탑에 데려가 줄 수 있네. 물론 그 전에 내가 원하는 걸 먼저 말해야겠지만 말이야."

"제가 회주님을 어떻게 믿죠?"

"지금 불리한 건 자네일세. 여기까지 온 걸 보면, 결국엔 일비하고 백리운 둘 모두를 등진 거 아닌가? 그럼 자네가 믿을 건 나뿐일세. 그런데 여기서 자네가 나를 믿고 안 믿고를 따지고 있다니……. 여기서 나까지 외면하면 자네는 더 이상 백우회에 발을 못 붙이네."

자신의 상황을 콕 짚은 말에 이비는 아무 말도 하지 못했다.

"안 그런가?"

이비가 말없이 고개를 푹 숙였다.

"어쩔 텐가? 자네가 나와의 거래를 거부하고 먼저 알려 주지 않겠다면, 나는 자네를 붙잡지 않고 그냥 보내 주겠네. 정말일세. 여기서 자네가 자리를 박차고 나간다고 하더라도 붙잡거나 하는 그런 일을 없을 걸세."

"좋아요. 제가 먼저 알려 드리죠."

담대천이 그녀를 내려다보며 씩 웃었다. 그리고 멀리서 그 대화를 지켜본 무야패가 침음을 삼켰다.

'말 몇 마디로 몰아세우시다니…… 여전하시군, 그 입은.'

한편…….

"일비는 백우회 안에 있어요."

이비가 입을 열자, 담대천이 자리에 앉으며 고개를 끄덕였다.

"그 정도는 예상하고 있었다네. 내가 원하는 건 정확한 장소일세."

"회주님은 저 탑에 대해 어디까지 알고 계세요? 본인이 다 알고 있다고 생각하시나요?"

"내가 저 탑에서 오르지 못하는 곳은 없네."

"맞아요. 오르지 못하는 곳은 없죠. 하지만 회주님이 모르시는 곳이 있어요."

담대천은 정말 모르겠다는 듯 물었다.

"그게 어딘가?"

"저 탑에는 지하가 있어요."

담대천의 눈빛이 크게 흔들렸다.

"지하가 있다고?"

"예. 그리고 그곳에 일비가 있죠."

탑은 바로 이 앞이다. 게다가 이런 상황에서 거짓말을 할 리 없을 터.

"언제부터 그곳에 있었지?"

"처음부터 그곳에 있었어요. 아예 그곳에서 태어났다고 보는 게 맞겠네요."

"탑의 지하에서 태어났다고?"

"그런 셈이죠."

심기가 깊은 담대천조차 당혹스러운 표정을 감출 수 없었다.

자신은 지난 수십 년 동안 탑을 들락날락했는데, 지하가 있다는 사실조차 몰랐다.

어찌 이런 일이 있단 말인가?

"그동안 내 발밑에 있었군. 그런 줄도 모르고 엄한 곳만 쑤시고 다녔어."

"이제 저를 탑으로 데려가 주세요."

"그러지."

담대천이 자리에서 일어나며 저 멀리에서 대기 중인 무야패에게 전음을 보냈다.

[백우십성단을 탑 주변에 배치시켜 놓고 단주들은 한데 모여

있어라. 일비를 잡으러 가자꾸나.]

[예.]

무야패가 고개를 끄덕이며 그 자리에서 사라졌다.

* * *

탑으로 들어온 담대천은 뒤에서 서성이고 있는 이비에게 말했다.

"바짝 붙어 있게. 조금이라도 떨어진다면 자네의 몸은 순식간에 갈가리 찢길 것이니."

그 말에 백리운의 시신을 업고 있는 이비가 담대천의 바로 옆에 서며 그를 따라 안으로 들어갔다.

꿀꺽.

보통 지금쯤 되면 일 층을 지키는 천무팔인이 덮쳐 온다.

그런데 어둠 속에서 아무런 움직임도 느껴지지 않았다.

아마도 회주에게만 전해지는 특별한 영패를 담대천이 차고 있기 때문이리라.

"이대로 올라가기만 하면 되는 건가요?"

"회주의 특권인 셈이지."

그의 말대로 별 무리 없이 이 층까지 도착했다. 그리고 그때까지도 천무팔인이 움직이는 소리는 들리지 않았다.

이 층은 일비조차 뚫지 못한 혈독무가 사방에 퍼져 있었다.

그래서 이비가 지레 겁을 먹고 잠시 멈칫했다.

"그럴 필요 없네. 어서 오게나."

"……"

이비는 침을 꿀꺽 삼키며 담대천의 뒤에 바짝 붙었다.

그런데 그 순간, 이 층에 쫙 깔려 있던 혈독무가 스스로 좌우로 갈라지며 길을 터 주었다.

"이, 이럴 수가……."

이비가 놀란 눈을 하고 혈독무를 둘러봤다.

혈독무는 담대천이 지나간 자리를 다시 집어삼켰지만, 담대천의 앞으로는 계속 길을 터 주었다. 그 모습이 마치 담대천을 포위라도 한 것처럼 혈독무가 둘러싸고 있는 것 같았다.

예전에 일비와 이 층에 올랐을 때, 죽을 뻔했던 기억이 떠올랐다.

그에 이비는 자신도 모르게 몸을 부들 떨었다. 그러자 담대천이 느긋한 목소리로 입을 열었다.

"그리 떨 필요 없다네. 혈독무는 이쪽으로 오지 않아."

혈독무가 눈앞에서 떠다니는 광경을 보고도 어찌 안심할 수 있을까?

이비는 식은땀을 흘리며 이 층을 지났다. 그리고 담대천과 함께 삼 층으로 가는 계단을 밟았다.

'삼 층은 처음 와 보는데…….'

그래서 그럴까? 그녀의 어깨가 잔뜩 움츠러들었다.

턱.

마지막 계단을 밟고 삼 층에 이르자, 발끝에 냉랭한 기운이 물처럼 스며들었다.

"어?"

이비가 놀라 발을 뒤로 뺐다.

"걱정할 필요 없네. 이곳의 한기는 너무 세서 영패로도 다 막을 수 없거든."

"그럼 어떻게 지나가요?"

"그냥 잠깐 스며드는 정도네. 차가운 냇물에 발을 담근 정도랄까? 물론 영패가 없으면 순식간에 온몸이 얼어붙겠지."

"그, 그런가요?"

이비가 다시 발을 내딛자, 이번에도 한기가 스며들었다.

발끝이 아릴 정도로 차갑다. 하지만 그뿐이었다. 온몸을 싸하게 만드는 느낌은 있었지만, 내공으로 충분히 버틸 만한 수준이었다.

싸아아아!

혈독무처럼 주변을 떠돌아다니는 뿌연 한기.

자세히 들여다보면 얼음 알갱이가 은하수처럼 떠다니기도 했다.

앞서 가던 담대천이 돌연 품에서 작은 구슬 하나를 꺼내 영패의 범위 밖으로 휙 던졌다.

쩌어억!

담대천의 손을 떠난 순간, 그 구슬에 두꺼운 얼음이 끼며 순식간에 얼어붙었다.

"영패도 없이 여길 왔다가는 저 꼴이 된다네."

"그, 그렇군요."

"그동안 이곳에 오르려고 애썼던 것 같아서 말해 주는 걸세."

"……."

그렇게 한기를 뚫고 나아가 사 층으로 향하는 계단 앞에 섰다.

그제야 한숨 놓은 이비는 특별한 기관도 없는데도 담대천에게 바짝 붙으며 물었다.

"이 탑은 몇 층까지 있나요?"

"다음 층만 지나면, 자네가 원하는 곳에 오를 수 있네."

"그곳에 있겠죠. 백리극 공자님을 되살릴 수 있는 방법이."

"왜 그런 생각을 가졌는지 물어도 되겠나? 자네가 뜬금없이 그런 허무맹랑한 생각을 할 사람도 아니고."

이비는 잠시 머뭇거렸다. 하지만 어차피 지하를 알게 된 이상, 담대천이 그 핏빛 연못에 대해 아는 것은 시간문제라고 생각했다.

"지하에는 한 연못이 있어요. 그곳에 몸을 담그면 어떤 상처라도 치료해 주죠."

"어떤 상처라도 말인가?"

"예."

"그래서 그 연못 때문에 살아난 건가? 내가 네놈들을 모두 죽이려고 했을 때 말이야."

"그런 셈이죠. 아무리 심해도 죽지만 않으면 상처를 치료해주니까요."

"그랬군."

의외로 꽤나 덤덤한 목소리였다. 그리고 그는 더 이상 묻지 않고 사 층으로 들어섰다.

그런데 사 층 바닥에 작고 둥그런 무언가가 떨어져 있기만 할 뿐, 그것 말고는 아무것도 없었다.

혈독무나 한기처럼 주변에서 어슬렁거리는 게 없었다.

담대천 역시 산보를 하듯 느긋하게 앞으로 나아갔고, 그동안 아무것도 나오는 게 없었다.

"여긴 아무것도 없나 봐요?"

"여기에는 일황로라는 진법이 있지."

"일황로요? 일황로는 현월교의 진법이 아닌가요?"

"맞네. 우원보의 선조가 이 탑을 세우면서, 현월교의 선조에게 도움을 받은 것 같더군."

이비가 두리번거리며 말했다.

"그렇군요."

"하지만 지금 현월교가 펼치는 것과 동일하게 보지 말게나. 이곳의 일황로는 그 위력부터가 다르니."

담대천이 저리 말하니 괜히 긴장이 됐다.

하지만 정작 그 사 층을 통과할 때는 아무런 현상도 없었다.

그리고 오 층으로 이어지는 계단이 나왔는데, 지금껏 사 층까지 이어진 계단과는 차원부터가 달랐다.

사 층까지 이어진 계단은 딱딱하고 차가운 철로 돼 있었다면, 이곳의 계단은 새카만 목조로 만들어진 듯 그 감촉부터 달랐다. 그리고 한 걸음씩 오를 때마다 끼이익 하는 마찰음이 울리는 등 그 삭막한 탑이라고는 믿기지 않았다. 그리고 계단 옆 벽에는 온갖 삽화가 그려져 있었는데, 대부분이 금으로 박혀 있어 화려하기 그지없었다.

하지만 이비는 그런 것들에 눈길 한 번 주는 것으로 끝이었다. 금도 그녀의 관심을 끌진 못했다.

턱.

이윽고 오 층에 들어서자 담대천이 옆으로 비켜서며 말했다.

"이곳일세."

그에 이비가 두 눈을 크게 뜨며 한가운데로 들어섰다. 그러고는 입을 쩍 벌리고 사방을 둘러봤다.

광활한 공간을 둘러싸고 위로 끝없이 뻗어 있는 벽.

그 벽은 금으로 새겨 넣은 온갖 글씨들로 가득했다.

그뿐만이 아니었다. 발밑에 있는 바닥에도 똑같이 금이 박혀 있었고, 그 금은 글씨로 표현되어 있었다.

그런데 그 글씨를 따라 벽과 바닥을 쭉 둘러보니, 마치 이야기가 짜인 것처럼 쭉 이어졌다. 그렇다고 그것이 하나의 이야기로 연결된 게 아니라, 일정 구간마다 내용이 달라지고 있었다.

이비가 멍하니 벽에 박힌 글씨를 손으로 만졌다.

"이, 이건……."

"역사네. 백우회의 시작부터 지금까지 쭉 이어져 내려오는 역사."

그러나 이비는 그 말을 듣지도 않고 정신없이 무언가를 찾기 시작했다. 그리고 구석에 잔뜩 쌓여 있는 포대를 보고 단숨에 몸을 날렸다.

"여기 있을 거야."

그녀는 허겁지겁 포대를 풀고 그 안을 들여다봤다. 하지만 그 안에 있는 것은 순수한 금덩이들이었다.

"이, 이거 말고 다른 건 없나요?"

그녀는 초조하게 물었고, 담대천은 한쪽 바닥에서 기다란 나무 상자를 질질 끌고 왔다.

"이게 또 있더군."

"그, 그건 뭔가요?"

"자네가 직접 확인해 보게나."

이비가 다가가 그 상자를 열었다.

끼이익.

하지만 그 상자 안은 텅 비어 있었다.

"왜 아무것도 없죠?"

"처음부터 비어 있었으니까."

그 말을 듣고 다리가 풀린 이비가 크게 휘청거렸다.

"그, 그럼 백리극 공자님을 되살릴 수 있는 것은 없는 건가요?"

"그런 게 왜 있다고 생각했는지 충분히 이해는 간다만, 여기는 역사를 기록하는 곳일세. 오직 백우회의 회주만이 들어와서 이곳에 역사를 기록하는 거지."

"이 상자 안에는 뭐가 들어 있었나요?"

"기록에 따르면, 백우회의 시초가 남긴 힘과 옷이 있다더군."

이비는 그 순간, 고웅천이 자신들과 손을 잡은 이유를 떠올렸다.

"달의 힘이라는 것 말인가요?"

"어찌 알았나? 천월이라 불리는 달의 힘이 맞네."

"그, 그럼 그 힘이 있으면 백리극 공자님을 살릴 수 있는 거 아닌가요?"

거의 울부짖듯 말하는 이비를 보고 담대천이 쯧쯧 혀를 찼다.

"지금 자네는 백리극 때문에 망상에 빠져 있네. 이 세상 어떤 힘이든, 죽은 사람을 되살릴 수는 없네."

"아니에요! 분명히 그 연못은 모든 상처를 치료해 주었어요. 그런 연못이 있다면 죽은 사람도 되살릴 수 있는 연못도 있어야 하잖아요."

담대천은 벽 한쪽으로 가 손으로 한 부분을 가리키고는 그곳에 적힌 글씨를 읽어 내려갔다.

"상처가 날 때마다 그 새빨간 연못을 이용하곤 했다. 참으로 신기했다. 장기까지 깊숙이 찔린 상처도 하루 만에 치유했다. 이것이 무엇으로 이루어졌는지 잘 알고 있어서 기분이 굉장히 찝찝했다. 하지만 지금은 그런 걸 따질 때가 아니다."

그 말을 들은 이비가 고개를 치켜들더니 허겁지겁 달려왔다.

"여기에 적힌 대로 그 핏빛 연못이 무엇으로 이루어졌는지 알아내면… 어쩌면 죽은 사람도 살릴 수 있는 연못을 만들 수 있지 않을까요?"

담대천이 안쪽으로 쭉 들어가더니 그 모든 글씨가 시작된 곳 앞에 섰다.

"읽어 보게."

이비는 말없이 그 앞에 서서 한참 동안 글씨를 읽기 시작했다. 그리고 그 글씨를 읽을 때마다 얼굴이 새하얗게 질려 갔고, 점점 뒷걸음질 치기 시작했다.

담대천은 그런 이비를 보며 조용히 입을 열었다.

"그 연못은 혈독무처럼 사람의 피에 사람의 정기를 담아 오래 지속되도록 정제해 만든 거네. 쉽게 말해 사람의 피와 정기를 흡수해서 상처를 치료하는 거지. 마치 흑도의 무리가 사람들의 정기를 빨아들여 내상을 회복하는 것처럼 말이야."

"누, 누가 그런 잔혹한 짓을……."

"혈독무와 비슷한 원리겠지. 다만, 이렇게 오랫동안 그 효능을 간직했다는 것은 그 연못을 만들 때 엄청난 수의 사람들을 죽인 거겠지."

"아니야. 아니야!'

지금까지 사람의 피에 몸을 담그고 있었다는 사실을 알고 이비는 속을 게워 낼 것처럼 헛구역질을 해 댔다.

"그, 그럴 리가 없어."

"누가 그랬는지 궁금하면 그 글씨들을 계속 읽어 보게나. 모든 것은 그곳에 적혀 있으니."

그녀는 털썩 주저앉으며 창백하게 질린 얼굴로 그 글씨들을 쭉 읽어 갔다. 그리고 조용히 한 문파의 이름을 내뱉었다.

"묵천마교……."

"그래, 그들이 백우회의 시초다."

이비가 눈썹을 파르르 떨었다.

"그 전설의 문파가 실존하긴 했군요."

"그리고 묵천마교에도 죽은 자를 되살리는 수법은 없지."

그녀는 눈을 감고 고개를 떨궜다.

또르르.

그녀의 뺨을 타고 흘러내린 눈물이 턱 끝에 맺혔다.

"……."

담대천은 그녀의 뒤에 서서 말없이 손을 휘둘렀다.

서걱!

담대천의 손이 일자로 그어지며 그녀의 목이 허공으로 튀어 올랐다.

툭, 투두두둑.

땅에 떨어진 그녀의 머리가 백리극의 시신이 있는 곳까지 굴러갔다.

그에 담대천이 절레절레 고개를 저으며 포대 속에서 금덩이 하나를 꺼내 손에 꽉 쥐었다.

스스슥!

그의 손바닥에 금이 녹아내리고, 담대천은 그 흘러내리는 금을 검지로 찍어 벽에 글씨를 박기 시작했다.

그 내용은 오늘 이비가 망상에 빠져 잘못된 거래를 한 점과 일비가 그동안 탑의 지하에 있었다는 것이었다.

한 글자씩 힘 있게 써 내린 담대천은 손에 남은 금가루를 싹 털어 내며 탑을 내려갔다.

*　　*　　*

탑의 지하.

그곳에 있는 핏빛 연못 앞에 일비가 서며 어깨에 지고 있는 담가은을 내려놓았다.

"끄응."

그러자 슬며시 눈을 뜬 담가은이 일비를 보고 벌떡 몸을 일으켜 세웠다. 그러고는 주위를 두리번거리더니 또랑또랑한 눈을 하고 일비를 쳐다봤다.

"여기 어디야?"

"안심하시오. 여기는 내 집이나 다름없소."

그 말에 다시 주변을 살펴본 담가은이 멀리서 삐딱하게 고개를 꺾은 채 자신을 쳐다보고 있는 민머리의 사내를 보고 가리켰다.

"저 사람은 누구야?"

그 민머리의 사내, 삼비는 불만 가득한 목소리로 말했다.

"삼비."

"삼비? 이름이 비슷하네. 여기는 일비라고 하던데."

그에 일비가 피식 웃었다.

"맞소. 비라는 이름으로 불리고 있소. 그리고 소저도 조만간 같은 이름으로 불리게 될 거요."

"나도? 하지만 난 내 이름이 좋은데."

"다른 사람들은 당신을 비라고 부르고 배척할 것이오. 아까도 보지 않았소? 백리운이 나를 죽이려고 하는 것을."

담가은이 금세 풀이 죽어 입을 삐죽 내밀었다.

"백리운이 나도 죽이려고 할까?"

"소저가 지금은 우리들 같은 몸을 갖는다는 게 어떤 의미인지 모르고 있지만, 그 부작용만 고친다면 소저는 곧 알게 될 것이오. 그럼 소저는 아마도 스스로 백리운을 멀리할 것이오."

"난 백리운하고 같이 있고 싶은데."

"하지만 백리운이 소저와 같이 있고 싶지 않아 할 것이오. 지금은 내 말이 듣기 싫겠지만, 나중에는 내 말을 듣고 이해하는 날이 올 것이오."

그녀의 눈이 축 처져서 금방이라도 울 것만 같았다.

"어쨌든 소저의 정신 연령과 지적 능력이 정상으로 돌아온다면 지금 내가 하는 말들을 다 이해할 것이오."

"어떻게 정상으로 돌아가는데?"

그 말에 일비가 그녀의 뒤에 있는 핏빛 연못을 가리켰다.

"저기에 머리끝까지 몸을 담그고 있으면 되오. 오래도 말고 잠깐이면 되오. 소저는 이미 몸이 완성된 후라, 잠깐만 담근다면 그 부작용은 금방 사라질 것이오."

"그냥 담그고만 있으면 돼?"

"그렇소."

담가은이 빤히 핏빛 연못을 바라봤다. 그리고 그때, 일비가 그녀의 뒷목을 짚어 그녀를 기절시키고는 그녀를 연못 안으로 집어넣고 그녀의 머리를 밖에 내놓았다.

하지만 삼비는 그 광경을 못마땅한 눈초리로 바라봤다.

"담대천의 손녀를 그렇게까지 보살필 필요가 있을까?"

"생각해 봐라. 나중에 담 소저가 정상으로 돌아왔을 때, 자신의 조부가 자신에게 한 일을 떠올리면 어떻게 될까?"

"썩 기분 좋진 않겠군."

"그리고 어쩌면 우리 편에 설지도 모르지."

삼비가 팔짱을 끼며 깊은 한숨을 내쉬었다.

"기껏 살아 돌아왔는데, 뭘 제대로 해 보지도 못하고 이 지경까지 왔군."

"백리운만 아니었다면 이렇게까지 밀리지 않았을 것이다."

"누가 알았나? 제 형 대신 굴러온 놈이 호랑이였는지."

그때, 깊숙한 곳에서 장포를 걸쳐 입은 사비가 걸어 나왔다.

"이비도 없고 육비도 죽었다. 이제 우리끼리 어쩔 생각이지?"

그에 삼비가 슬쩍 일비의 눈치를 보며 말했다.

"오비를 불러들여야 하지 않겠나?"

"안 그래도 며칠 전에 흑우방으로 서찰을 보냈다. 그런데 아직까지 소식이 없더군."

"무슨 일이라도 생긴 걸까?"

"마음에 걸리는 게 있다."

사비가 그 주변에 앉으며 끼어들었다.

"흑우방의 대공자, 염백 말이냐?"

"그래."

"그러게 왜 그놈에게 마령흑우불상을 주라고 한 거야?"

"마령흑우불상에 어떤 게 있는지 모른다. 너무 오랫동안 뜬소문만 돌아다녔어. 그것보다 염백은 본인의 무위만으로도 오비와 견줄 법하니, 혹시 오비를 쫓아내는 자가 있으면 그건 염백일 가능성이 크다."

"하긴, 항상 백리극과 비교되던 놈이었으니."

일비가 사비를 쳐다보며 물었다.

"확실히 염백이 살아 있는 건가?"

"도망치는 것까지는 봤어. 그 이후로는 모르고."

일비는 차분히 눈을 감고 작금의 상황을 되짚어 보려고 했다. 그때, 지하 전체를 뒤흔드는 강력한 진동만 없었다면 말이다.

쿠우우웅!

지진이라도 난 것처럼 지하 전체가 흔들렸다.

"뭐, 뭐지?"

"일 층에서 울리는 것 같은데?"

삼비와 사비가 놀라 벌떡 일어서서 고개를 들었다. 그러자 또다시 지하 전체가 무너질 것처럼 흔들렸다.

쿠쿠쿠쿵!

가만히 그 진동을 느끼던 일비가 눈에 살기를 머금었다.

"누군가 지하를 뚫고 있다."

그 말에 삼비와 사비가 눈을 크게 뜨고 일비를 쳐다봤고, 일비는 고개를 끄덕였다.

"일 층이라면 천무팔인이 지키고 있는 곳이다. 그런 곳에서 자유롭게 바닥을 뚫을 수 있는 사람은 영패를 가진 담대천뿐이지."

"담대천이 여길 어떻게 알고……. 아! 이비!"

"그래, 이비가 회주를 찾아간 듯하군. 그래서 거래를 한 모양이야. 자신을 탑의 꼭대기에 올려다 달라고."

삼비가 이를 바득 갈았다.

"이 개 같은 년이 진짜!"

"그래도 지하로 통하는 길은 알려 주지 않았나 보군. 이리 무식한 방법으로 땅을 뚫으려는 것을 보면 말이야."

그때였다.

쿠웅!

천장 한복판에 구멍이 뻥 뚫리며 여러 사람의 그림자가 떨어져 내렸다.

한 사람을 중심으로 나머지 열 사람이 붙어 있었다.

한눈에 봐도 담대천과 백우십성단의 열 명의 단주들이었다.

백우십성단의 단주들이 좌우로 갈라지며 뒷짐을 진 담대천이 느긋하게 걸어 나왔다.

"여기에 다 숨어 있었군."

삼비와 사비가 금방이라도 달려들 것처럼 움찔거리자, 일비가 그 앞을 막아서며 물었다.

"이비가 알려 준 것이오?"

"잘 알고 있구나."

"이비가 보이지 않소. 이비는 죽은 것이오?"

"그것도 잘 알고 있구나."

일비의 건조한 눈빛이 파르르 떨렸다.

"그렇구려. 그럼 이비는 저 탑의 정상을 밟아 보았소?"

"끌끌. 무엇이 궁금한 것이냐? 혹시나 백리극이 되살아났을 까 봐 걱정되느냐?"

"그런 말도 안 되는 것이 있다고는 믿지 않소. 다만, 이비가 원하는 걸 얻었는지 궁금했을 뿐이오."

"약속은 지켰다."

일비가 차분히 고개를 끄덕였다.

"그거면 됐소."

"화나지도 않느냐? 탑에 지하가 있다는 걸 다 불었는데."

"백리극을 죽인 순간부터 이미 예견된 일이었소."

"그렇군. 그럼 이런 상황도 어느 정도 짐작하고 있었겠네."

일비는 잠시 말없이 그를 바라보다가 슬쩍 몸을 틀며 뒤에 있는 핏빛 연못을 가리켰다.

"저기, 보이시오?"

그 순간, 담대천의 표정이 빠르게 굳어 갔다.

"어째서 가은이가……."

"어쩌다 보니 그렇게 됐소."

"백리운이 넘겨준 건가?"

"내가 데리고 왔소."

담대천이 핏빛 연못을 지그시 바라봤다.

"저게 그 연못인가?"

"그것도 이비가 말했소?"

"이비가 말한 것도 있고, 탑에 적혀 있던 것도 있고."

"저 탑에 백우회의 모든 게 잠들어 있다더니, 이런 것도 적혀 있었나 보오? 그런데 왜 지하가 있다는 사실은 없었을까?"

"이제야 그게 무슨 상관일까? 네놈도 잡고 저 연못도 얻게 생겼는데."

일비가 입꼬리를 꿈틀거렸다.

"역시, 손녀 따위 안중에도 없구려. 하긴, 처음부터 손녀를 신경 썼다면 애초에 손녀를 저리 만들지 않았겠지요."

담대천이 그 말을 무시하고 백우십성단의 단주들에게 고개를 돌렸다.

"저들을 잡아들이게나."

"단원들까지 모두 있다면 모를까, 단주들만으로 우리를 잡을 수 있을 것 같소?"

"걱정 말게. 단지 단주들만 이곳에 와 있을 뿐, 이미 탑 주변은 백우십성단의 무인들로 포위되어 있으니."

그때, 일비가 갑자기 핏빛 연못 뒤쪽으로 몸을 날려 담가은의 머리 위를 짚었다.

"정녕 손녀가 눈앞에서 죽는 꼴을 봐야겠소?"

"자네 말대로 내가 손녀를 그 정도로 신경이나 썼다면 그 아이 몸에 그런 짓을 하지도 않았을 걸세."

"궁금하구려. 어떻게 우리 같은 몸을 만들 수 있게 된 것이오?"

"말하지 않았나? 이 탑에는 백우회의 모든 것이 기록되어 있다고. 물론 자네들처럼 그런 몸을 갖는 방법도 적혀 있지."

그 말을 듣던 일비가 돌연 몸을 움찔 떨더니 크게 뜬 눈으로 담대천을 쏘아봤다.

"이 연못이 없다면, 우리 같은 몸을 만들 수 없다는 것도 탑의 정상에 적혀 있지 않소? 그런데도 이런 식으로 손녀의 몸을 바꿔 놓았다는 것은 자신의 손녀를 실험체로 삼겠다는 뜻 아니오?"

"이제 알았나?"

"어째서 그랬소?"

담대천이 씩 웃었다.

"그야, 내가 그 몸을 얻기 위해서지."

제10장
본색을 드러내다

일비가 지하가 떠나가도록 웃어젖혔다.

"하하하하핫!"

그의 갑작스런 웃음에 다들 어안이 벙벙해져서 그를 쳐다봤다. 하지만 그의 시선은 오직 담대천에게만 향해 있었다. 마치 그에게 고정된 것처럼 말이다.

"진정 회주는 나의 상상을 초월하는 자요."

"네놈들은 여기 백우십성단의 단주들로 교체할 것이니."

"하하하! 그래서 저 단주들이 저리 충성심이 깊었군."

"너무 걱정 말거라. 차마 비라고 부르진 못하겠지만, 너희와 똑같이 백우회의 모든 일을 간섭할 것이다."

"무얼 위해서 간섭한단 말이오?"

"백우회의 질서. 다만, 네놈들이 원하는 질서와는 궤를 달리하겠지."

일비가 피식 웃으며 말했다.

"그토록 이 육신이 탐이 나오?"

"천하제일의 권좌에 앉아도 나이는 어쩔 수 없더군. 차라리 이 자리에 앉지 않았으면 더 살고 싶은 마음도 없었겠지."

"그게 자신의 손녀를 이렇게까지 만들 가치가 있소?"

"이미 말하지 않았는가? 나에겐 손녀나 가족 같은 건 중요치 않네. 그런 걸 중요시 여겼다면, 처음부터 자네를 내치지 않았을 걸세."

그 말을 들은 일비가 슬쩍 눈을 내려 담가은의 눈꺼풀을 살폈다.

파르르 떨고 있는 눈꺼풀.

예상대로 지금까지의 모든 대화를 들은 듯했다.

"이 소리를 듣고도 가만히 있을 생각이오, 담 소저?"

그 말에 담대천이 눈가를 급격히 좁혔다.

"무슨 수작이냐?"

"담 소저는 이미 깨어 있었소. 그리고 이 모든 대화를 다 엿들었소. 그것도 담대천 그대로 인한 모든 부작용을 치료하고 말이오."

일비가 똑바로 서서 담가은을 내려다봤다.

"안 그렇소, 소저?"

그 말에 담가은이 천천히 눈을 떴다. 그곳에 들어가기 전과는 무언가 다른 분위기가 그녀의 눈빛에서 흐르고 있었다.

그에 담대천이 놀란 눈을 하고 그녀를 쳐다봤다.

"가, 가은아!"

그녀는 잠시 가만히 누워 있다가 천천히 몸을 일으켰다. 그러고는 핏빛 연못에서 나와 한없이 슬픈 눈으로 담대천을 바라봤다. 더 이상 어린아이처럼 방방 뜨는 기색 없이 차분하게 말이다.

"그 말이 전부 사실인가요?"

입이 있어도 말을 하지 못할 상황이었다.

담대천은 애써 고개를 돌렸다.

"뭣들 하느냐? 어서 잡아들이지 않고!"

그 말에 주춤거리던 백우십성단의 단주들이 곧장 튀어 나갔다.

그들은 비들을 노리고 몸을 날린 터라, 담가은을 그냥 지나쳤다. 그런데 그녀는 그들과 달리 그들이 자신의 옆을 지나갈 때 손을 뻗었다.

스르릉!

흑성단의 단주인 유도엽은 자신이 뽑지도 않았는데 허리에서 빠져나가는 검을 느끼고 재빨리 몸을 틀었다. 하지만 이미 담가은의 손에 완벽히 들어간 뒤였다.

그걸 본 담대천이 눈썹을 사납게 세웠다.

"조부에게 대항하려는 게냐?"

그 말에 담가은은 한 치의 지체도 없이 그의 목에 검을 갖다 댔다.

"비키세요."

"진정 그리 나오겠다는 것이냐?"

"비키라 그랬어요."

그에 백우십성단의 단주들이 멈춰 서서 담대천의 눈치만 봤다. 하지만 담대천은 이내 냉정한 눈빛을 뿌리며 말했다.

"내가 널 그만큼 신경 썼다면 처음부터 네 몸에 그런 실험을 하지 않았을 것이다."

그 말에 담가은의 눈빛이 크게 흔들리더니 이내 칼처럼 날카롭게 섰다.

그리고 그 순간…….

차앙!

담가은이 좌편으로 검을 휘둘렀고, 그 검을 무야패가 뒤에서 재빨리 창으로 찔러 넣어 막았다.

"소저, 검을 내려놓으시고 회주님에게 가시오."

"다른 사람은 몰라도, 무야패 어르신까지 같은 마음인 줄은 몰랐어요."

"저라고 어찌 다르겠소이까?"

그때, 그 검이 향한 곳에 있던 유도엽이 자신의 눈앞에 멈춰 있는 검끝을 보고 인상을 찡그렸다.

"검을 내놓으시오."

유도엽이 그 검을 막고 있는 창을 뛰어넘으며 담가은을 향해 손을 뻗었다.

파앗!

허공을 쥐어뜯으며 쇄도한 그 손이 담가은의 손목을 노리고 뚝 떨어졌다.

그에 담가은이 무야패의 창을 밀어내며 황급히 손을 빼고는 몸을 한 바퀴 돌리며 그대로 다리를 차올렸다.

퍽!

턱을 후려 맞은 듯 유도엽의 고개가 팍 돌아가더니 그의 몸 전체가 빛살처럼 날아갔다.

쾅!

그의 몸이 벽에 반쯤 처박혔다.

"흐음."

그는 턱을 매만지며 고개를 좌우로 돌리더니 벽에서 자신의 몸을 빼냈다. 그때부터 그의 몸에선 꽤나 험한 분위기가 흐르기 시작했다.

안 그래도 백우십성단 중에서 가장 무자비하다고 소문난 이였다.

그런 이가 한껏 기세를 키우니, 꽤나 거친 기세가 뿜어져 나왔다.

"소저, 내 검을 돌려주시고 회주님께 가시오. 마지막으로 드리는 기회요."

"그러기엔 이미 늦은 것 같네요."

담가은이 검을 앞으로 찔러 넣으며 앞에 있던 무야패의 창을 꾹 눌렀다.

쿵!

그러자 무야패의 창끝이 땅에 처박혔다.

힘의 차이가 있다고는 하나, 이리 쉽게 밀려날 리 만무했다.

역시나, 무야패의 창을 치우니 어느새 정면으로 날아든 유도엽이 거칠게 손을 뿌리며 쇄도했다.

살점을 쥐어뜯으려는 잔혹한 손속!

그런데 담가은이 그 손을 뿌리치기도 전에 그녀의 옆구리를 노리고 두꺼운 쇠몽둥이가 휘둘러지고 있었다. 허공을 때려 부수며 다가오는 그 쇠몽둥이는 차가운 철갑옷을 두른 광성단의 단주, 사문금의 것이었다.

그런데 반쯤 휘둘러진 쇠몽둥이의 옆으로 불쑥 다른 손이 끼어들더니 그 쇠몽둥이를 가볍게 밀어내는 것이 아닌가?

그와 동시에 정면에서 날아들던 유도엽의 옆구리로 날카로운 각법이 꽂혔다.

퍽!

유도엽이 땅바닥에 처박히며 데구루루 굴렀고, 밀려난 쇠몽둥이는 흐름을 잃고 허공에서 휘청거렸다.

하지만 정작 그 중심에 있던 담가은은 아무런 대처도 하지 않았다. 지켜만 보던 삼비와 사비가 몸을 날려 유도엽을 쳐 내고 사문금의 쇠몽둥이를 밀어낸 것이다.

그걸 본 담대천이 노골적으로 인상을 찌푸렸다.

"기어코 그놈들과 한배를 타겠다는 것이냐?"

"시끄럽소, 영감. 나라고 뭐 좋다고 그쪽 손녀를 도와준 줄 아시오?"

삼비가 침을 퉤 뱉으며 말하자, 담대천이 쯧쯧 혀를 찼다.

"설사 가은이를 잃더라도, 내 오늘 네놈들을 뿌리째 뽑아야겠다."

그가 살벌하게 기운을 뿜어내며 앞으로 다가오려고 하자, 일비가 슬그머니 그 앞을 막았다.

"오랜만에 스승의 가르침을 받아 보고자 하오."

"애석하구나. 내 밑에서 조용히 있었으면 굳이 이런 상황까지 오진 않았을 텐데."

담대천이 바지 자락을 넘기며 허리춤에 묶여 있는 새하얀 검집에서 설검을 뽑아 들었다.

검신과 손잡이가 눈처럼 새하얗게 물들어 있는 설검.

그 설검은 모습을 드러내자마자 냉랭한 기운을 뿜어냈다.

싸아아!

대기에 살얼음이 끼며 안개처럼 뿌옇게 변했다. 한기가 점점 짙어지고 있는 것이었다.

그에 일비가 슬쩍 고개를 들어 담가은에게 물었다.

"소저, 그 검 좀 빌려 주시겠소?"

담가은은 말없이 검을 던졌고, 일비는 검을 받자마자 궁신탄영의 수법으로 쏜살처럼 튀어 나갔다. 설검의 한기가 더 짙어지는 걸 막기 위함이었다.

그런 그를 향해 담대천이 설검을 곧게 찔러 넣었다.

허공을 꿰뚫고 일직선으로 들어가는 설검!

그것은 달려드는 일비의 명치를 노렸다.

차앙!

설검을 쳐 낸 일비가 옆으로 몸을 틀며 방향을 바꿨다. 그런데 그 바꾼 방향으로도 설검이 찔러 들어오는 것이 아닌가?

챙!

검을 바짝 세워 막아 낸 일비는 자신의 검을 꾹 누르는 설검 때문에 더 이상 다가가지 못하고 괜한 힘겨루기를 해야 했다.

그에 담대천은 쉽게 밀리지 않는 그를 보고 한마디 내뱉었다.

"그 몸 때문인지 네놈의 재능은 무섭기까지 하구나. 그새 또 성장했다니."

"다 스승의 가르침 때문이 아니겠소?"

"스승으로서 마지막 가르침을 내려 줘야겠구나."

그 말이 끝나기 무섭게 일비의 검신이 새파랗게 질려 갔다.

쩌어억.

순식간에 얼어 버린 검신. 설검의 한기를 고스란히 맞은 탓이었다.

그에 일비가 내력을 주입해 그 한기를 모두 털어 냈다.

타다닥!

자잘하게 깨진 얼음 조각이 일비의 검에서 후드득 떨어져 내렸다. 그와 동시에 일비가 설검을 밀어내며 몸을 살짝 뒤로 물렸다.

검법을 펼치기 위한 공간 확보를 위해서였다.

만약 떨어지지 않았다면 설검이 다가와 계속 검을 누르려 했을 것이다.

일비가 몸을 비틀며 검을 세차게 휘둘렀다. 그러자 강맹한 검기가 좌르르 흘러나와 담대천의 허리를 싹둑 베어 갔다.

대해문의 진산검법인 대해삼십이검 중 한 초식을 펼친 것이다.

몸을 뒤로 빼낸 담대천이 검만 앞으로 내밀며 일비의 검식을 막았다.

차차차창!

검기가 연달아 날아와 설검의 몸통을 때렸다.

물론 설검에 닿는 순간, 얼음 알갱이가 사방으로 튀며 일비의 검을 차갑게 만들었다.

손잡이까지 전해지는 그 지독한 한기에도 일비는 물러서지 않고 바짝 몸을 들이밀며 대해삼십이검을 펼쳐 나갔다.

차차차차창!

폭풍처럼 일어난 검기들이 순식간에 담대천의 전신을 뒤덮었다.

하지만 이내 설검이 그 검기들을 뚫고 나와 일비의 전신을 헤집을 것처럼 강력한 검기들을 쏘아 냈다.

그 역시 대해삼십이검을 펼친 것이다.

그로 인해 그 둘의 주변은 검기들로 이루어진 일진광풍으로 뒤덮였다. 그리고 그 둘의 모습도 서서히 검기들에 잠식되고 있었다.

차차차차창!

날카로운 쇳소리가 끊임없이 들렸고, 간간이 기파까지 터져 나왔다.

그 살벌한 격전이 어느새 지하 전체를 삼킬 것처럼 커지기 시작했다.

그리고 그들뿐만 아니라, 담가온과 삼비, 그리고 사비도 백우십성단의 단주들에게 둘러싸여 무수한 공격을 주고받고 있었다.

그렇게 탑의 지하는 순식간에 치열한 격전지로 돌변했다.

　　　　　＊　＊　＊

　북쪽 땅에서 철수한 담대천은 대해문으로 돌아오자마자 수하에게 동쪽 땅과 북쪽 땅의 소식을 물었다. 그리고 벌써 끝났다는 말을 듣고 놀란 눈을 하고선 자신의 처소로 향했다.

　'사사천구끼리의 전쟁이 그리 빨리 끝났다고? 도대체 무슨 수를 벌인 것이냐?'

　그는 심각하게 표정을 굳히며 처소로 들어섰다.

　지금은 한밤중이나 다름없는 새벽녘.

　온 세상이 캄캄한 만큼 방 안도 어두웠다.

　방 한가운데로 들어간 담대천이 그곳에 세워져 있는 황촉에 불을 지폈다.

　화륵!

　불꽃이 피어오른 순간, 건너편의 어둠 속에서 불쑥 검이 튀어나왔다.

　정확히 목을 노리고 쭉 찔러 들어오는 검.

　아무런 기척도 없는 것이 섬뜩하기 그지없었다.

　"누구냐!"

　다급히 고개를 뒤로 젖혀 피해 낸 담무백이 곧장 검을 뽑아들며 정면의 어둠을 베었다. 하지만 검에 걸리는 것은 없었다.

　그에 담무백이 재빨리 기감을 넓게 퍼트려 자신의 주변을 배

회하는 세 사람의 발소리를 잡아냈다.

스스스슥!

담무백이 몸을 틀며 그중 하나를 노리고 검을 휘둘렀다.

기다란 호선을 그리는 검로(劍路)의 중심에서 화살처럼 한 가닥의 검기가 퉁 쏘아졌다.

무시무시한 속도로 허공을 꿰뚫고 어둠을 찌르는 검초.

대해문의 무악사검이었다.

순식간에 몇 배는 빨라진 담무백의 검이 흐릿하게 번졌다.

그와 동시에 어둠 속에서 울려 퍼지는 쇳소리.

채앵!

그것은 분명 이 검초를 막았다는 뜻이었다.

"한낱 살수 따위가 내 검을 막다니. 괜히 내 처소에 숨어든 건 아니었군."

그때였다.

담무백의 왼쪽 옆구리와 오른쪽 허벅지를 노리고 귀신같이 은밀하게 찔러 들어오는 검이 있었다.

그에 담무백은 힘껏 몸을 물려 방구석을 등지고 섰다.

그런데 그 순간, 아무런 이유도 없이 등골이 서늘해지는 것이 아닌가?

오싹!

피부에 소름이 쫙 일어나며 심장이 얼어붙은 것처럼 차갑게 느껴졌다.

마치 짐승을 코앞에서 마주한 것 같은 섬뜩함이었다.

'뭐지?'

눈을 부릅뜬 담무백이 천천히, 아주 천천히 뒤돌아보았다. 그리고 방구석에 드리운 어둠 속에서 생생히 빛나고 있는 두 눈을 마주 봤다.

그 순간, 세 자루의 검끝이 등에 닿는 것이 느껴졌다.

하지만 그 검들은 아무것도 아닌 것처럼 느껴질 만큼, 저 어둠 속에서 빛나는 눈은 끔찍했다.

심지어 그 눈을 계속 보고 있자니 마치 온몸이 물어뜯기는 것 같은 기분까지 들었다.

"누구시오?"

자신도 모르게 목소리를 떨었다.

"분명히 약속하지 않았나? 남쪽 땅을 치기로."

그 말을 듣는 순간 떠오르는 사람이 있었다.

"백리운?"

"내 목소리는 기억하면서 약속은 기억을 못하는군."

그 말과 동시에 어둠 속에서 발이 불쑥 튀어나와 담무백의 오른쪽 무릎을 쳤다.

빠악!

담무백의 오른쪽 다리가 뒤로 확 빠지며 그의 몸이 휘청거렸다. 그리고 동시에 그의 왼쪽 무릎에도 백리운의 발이 꽂혔다.

픽!

양다리가 뒤로 빠진 담무백은 그대로 땅바닥에 쓰러져 턱을
바닥에 찧었다.

그에 곧장 몸을 일으키려던 담무백이 몸을 들썩인 순간, 그
의 뒤통수로 백리운의 발이 내리꽂혔다.

쾅!

바닥에 처박힌 머리 위로 백리운이 발을 얹고 있었다.

"끄으으."

바닥에서 신음이 새어 나왔다.

백리운은 지그시 그의 머리를 밟고 있을 뿐인데, 이상하게
도 담무백은 좀처럼 몸을 일으키지 못하고 있었다. 아무리 내
력을 쏟아부어도 몸은 태산에라도 깔린 것처럼 꿈쩍도 하지
않았다.

그때, 백리운이 조용히 입을 열었다.

"어째서 약속을 지키지 않은 것이지?"

"나는 분명히 남쪽 땅을 쳤다. 끄으!"

담무백은 말을 하면서도 몸을 일으키려 애썼지만, 온몸을 누
르고 있는 엄청난 압력 때문에 꿈쩍도 하지 못했다.

"중간에 도망 나온 것이 약속은 아니었지."

"도망이 아니다."

"그럼?"

"비들이 방해를 했다. 남쪽 땅과 우리 쪽 진영에 똑같이 화탄

을 터뜨렸다."

"그런데?"

순간, 담무백은 자신이 잘못 들었나 싶었다.

"뭐라고?"

"그놈들이 어떤 난리를 치든 간에, 네놈은 남쪽 땅과 전쟁을 치렀어야 했다."

"그놈들이 어떤 일을 꾸미고 있을지 모르는 마당에, 그놈들의 판에서 놀아나라고?"

"약속은 약속이다. 더군다나 그게 나와 한 약속이라면, 어떠한 일이 있어도 지켜야 했다."

"마치 네놈이 왕이라도 된 것처럼 말하는구나."

그 말에 백리운이 피식 웃었다.

"내 발에 깔린 놈이 말이 많군."

으득!

담무백이 이를 갈며 얼굴이 새빨개질 만큼 모든 내력을 끌어올렸다.

쩌어억!

방바닥이 푹 파이며 사방으로 금이 가기 시작했다. 하지만 그 와중에도 백리운의 발은 느긋하게 그의 머리를 밟고 있었다.

그런데 그 순간, 처음으로 담무백의 몸이 들썩였다.

"……"

백리운은 말없이 그를 내려다보고만 있었다.

"으으으!"

어금니를 꽉 깨문 담무백이 서서히 몸을 일으키기 시작했다.

그리고 어느덧 백리운의 발도 그의 머리에서 밀려났다.

쾅!

방바닥이 풀썩 주저앉으며 담무백이 일어섰다.

그의 얼굴은 야차처럼 일그러져 있었고, 그의 눈에선 살기 짙은 안광이 횃불처럼 활활 타오르고 있었다.

그가 손을 쭉 뻗자, 땅바닥에 떨어진 검이 저절로 날아와 바짝 선 채로 그의 앞에 붕 떴다.

느긋하게 서 있던 백리운이 그 광경을 보고 호기심 가득한 미소를 지었다.

"뭘 하려는가?"

마치 그 질문에 대답이라도 하듯 담무백이 한 바퀴 빙글 돌며 뒤로 손을 휘둘렀다. 그러자 그의 앞에 떠 있던 검도 똑같이 움직이며 기다란 검강을 줄기줄기 뽑아냈다.

곧장 그 검강들이 사방으로 햇살처럼 뻗어 갔다.

콰콰콰콰쾅!

요란한 폭음과 함께 그 검강이 쏟아 내는 압력을 이기지 못하고 방바닥이 폭발이라도 일어난 것처럼 터져 나갔다.

그리고 그곳에서 세 사람의 신형이 바깥으로 튕겨져 나갔다.

백리운을 따라온 사령신문의 세 살수들이었다.

그들은 허공에서 팔랑개비처럼 뒤집어지다가 다행히도 땅에 떨어지기 직전 균형을 잡고 두 다리로 착지했다. 하지만 검강이 쏟아 낸 여파를 완전히 해소하지 못한 듯 그들의 신형이 땅에 닿고도 뒤로 주르륵 밀려났다.

실로 상상을 초월하는 힘이었다.

이내 그 힘이 고스란히 담겨 있는 담무백의 검끝이 백리운을 가리켰다.

하지만 백리운은 그 검을 마주하고도 차분히 미소를 지었다.

"대해삼십이검인가?"

"잘 아는군."

"이전에 담우록이 펼친 것을 본 적이 있다. 그것과는 꽤나 위력의 차이를 보이는군."

이기어검에 검강까지 더해졌다. 그 위력이 다른 것과 함부로 비교가 될까?

담무백이 손을 뻗어 허공에 떠 있는 검을 꽉 쥐었다.

그 순간, 그의 검과 그의 몸이 하나로 일치되어 막대한 기세를 쏟아 냈다.

그의 주위로 철철 흘러넘치는 기운들.

마치 힘을 주체하지 못해서 쏟아 내는 것처럼 느껴졌다.

쾅!

담무백이 바닥을 헤집고 한 줄기 바람처럼 달려들었다.

거리가 순식간에 좁혀들고, 검을 휘두르고 있는 담무백의 모습이 백리운의 지척에서 나타났다. 그는 이 일격에 모든 힘을 쏟아부은 듯 그의 검엔 어느 때보다 진한 검강이 맺혀 있었다.

검이 휘둘러지는 공간 아래에 있는 바닥이 펑펑 터져 나갔다. 검이 쏟아 내는 압력을 감당하지 못한 탓이다. 그리고 그 검에 실린 힘은 백리운의 허리를 싹둑 베어 가고 있었다.

그런데 그 순간, 그의 눈앞으로 달이 떠올랐다.

눈부시고 선명한 달.

천월이 모습을 드러낸 것이다.

* * *

비록 하루 만에 끝났다지만, 그래도 전쟁은 전쟁이다.

상대가 남쪽 땅이다 보니, 문파로 돌아온 대해문의 무인들은 지친 기색으로 곧장 처소로 돌아갔다.

누구는 운기조식에 들어가고, 누구는 곧바로 잠이 들었다. 다들 긴장이 풀린 터라 휴식을 원했던 것이다.

그러던 어느 순간이었다.

콰콰콰콰콰쾅!

대해문 중심에서 일어난 엄청난 폭음이 사방으로 퍼졌다.

그 갑작스런 소란에 조용히 휴식을 취하던 대해문의 무인들이 혹시나 남쪽 땅에서 쳐들어온 것인가 싶어 허겁지겁 밖으로 뛰쳐나왔다.

그러나 그들이 본 것은 남쪽 땅의 무인들이 아니라, 대해문 중심에 있는 담무백의 처소가 폭삭 무너져 앉은 광경이었다.

"무슨 일이지?"

"어째서 소문주의 처소가……."

전각이 무너지며 생긴 그 잔해 더미 주변으로 대해문의 무인들이 몰려들었다.

그중에는 적색 옷자락과 백발을 휘날리며 달려온 원광도 있었다. 그는 담무백의 오른팔이라 불리는 이답게 한 치의 망설임도 없이 잔해 더미를 향해 몸을 날렸다.

그런데 잔해 더미 근처로 들어서자마자 그의 몸이 바깥으로 퉁 튕겨져 나왔다.

쾅!

걸레짝처럼 튕겨져 나간 원광의 몸이 땅에 처박혔다.

"크흑."

이내 그가 힘겹게 몸을 일으키며 한 움큼의 피를 쏟아 냈다.

쿨럭!

그는 입가에 묻은 피를 손등으로 닦아내며 자신을 밀쳐 낸 자를 향해 고개를 들었다.

그의 시선이 향한 곳은 잔해 더미 위에서 올곧게 서 있는 백리운이었다.

그를 바라보는 원광의 눈썹이 파르르 떨렸다. 백리운에게 온몸이 피투성이가 된 담무백이 멱살을 잡혀 있었기 때문이다.

"소, 소문주!"

원광이 입이 찢어져라 소리쳤다.

그에 백리운이 씩 웃으며 담무백을 잔해 더미 밖으로 내던졌다.

털썩!

땅바닥에 떨어진 담무백은 한동안 피만 꾸역꾸역 쏟아 내더니 천천히 고개를 돌려 원광을 쳐다봤다.

"도, 도… 망… 가……."

그가 혼신을 다해 내뱉은 말이었다.

하지만 원광은 그를 향해 달려가, 조심스럽게 담무백의 몸을 떠받들었다. 그 순간, 담무백이 피로 얼룩진 손으로 원광의 옷깃을 꽉 쥐었다.

"어, 어서… 도망……."

그때였다. 몇몇 대해문의 무인들이 원광을 뛰어넘고 잔해 더미를 밟아 가며 백리운을 향해 몸을 날렸다. 그에 원광이 자신도 모르게 고개를 들고 그들을 쳐다봤다.

그리고 그 순간, 잔해 더미를 오르던 대해문 무인들의 몸에서 온갖 검광(劍光)이 번뜩이더니, 그 검광을 따라 몸이 잘려 나갔다.

어찌 대처할 틈도 없이 순식간에 벌어진 일.

잔해 더미로 그 잘린 몸 조각들이 후드득 떨어졌다.

그 와중에도 한 무인이 멀쩡하게 살아남아 백리운의 발끝까지 올랐으나, 그 무인의 앞으로 복면을 뒤집어쓴 흑의인이 불쑥 솟아나 그 길을 막았다.

그리고 그 뒤로도 똑같은 복장을 한 두 사람이 나타나 그 무인을 에워쌌다.

푹!

동시에 그 무인의 목과 양어깨에 검이 꽂혔다.

그를 에워싼 흑의인들이 검을 찔러 넣은 것이다.

촤악!

흑의인들이 검을 뽑아 내자, 그 무인의 몸이 크게 휘청거리며 잔해 더미에서 떨어져 나갔다.

쿵!

그 무인의 몸이 떨어지는 소리가 대해문 전체를 울리는 듯했다.

그리고 그 소리가 끝나기도 전에 백리운의 목소리가 차갑게 울렸다.

"죽여라."

그 말에 잔해 더미 중간에 서 있던 흑의인들이 사라졌다.

바로 그 순간……

"크아아악!"

대해문 무인들이 모여 있는 곳에서 비명 소리가 울려 퍼지기
시작했다.

8권에 계속

BOOKS

BOOKS